JN036763

目次

※この作品は竹書房文庫のために書き下ろされたものです。

第一章　人妻ハンターの思惑

1

危険は人を惹《ひ》きつける。

ひと口に危険と言っても、雪山登山から遊園地の絶叫マシンまでいろいろある。ハンドルを握ればアクセルを踏みこまないといられない人もいれば、台風が来ると荒れ狂う海を見物に行かないと気がすまない人もいる。

本郷万作《ほんごうまんさく》は決してそういうタイプではない。

いつだって、なるべく安全・安心なやり方で目的を果たそうとしてきた。危険の萌《ほう》芽《が》は、脅威になる前に注意深く取り除いておく。危険を伴うスリルなんかなくても、楽しむことは充分にできるからだ。

不倫の話である。

問題はセックスには相手がいるということだった。こちらが安全・安心を求めても、相手が危険やスリルに魅せられ、なおかつそういう状況でこそ燃えるタイプとなると厄介だ。

本郷は四十歳。大手広告代理店に勤めている。結婚したことはなく、これからもするつもりはない。生涯独身を胸に誓っている。

女嫌いなのではなく、逆の理由で結婚しない。ひとりの女と永遠の愛を誓うのなんて、愚か者の所業だと思っている。本郷は家庭や子供に興味がない。ただ、死ぬまで女遊びを楽しみたいだけだ。

独身なのに不倫となると、相手が人妻ということになる。セックスフレンドは人妻に限る、と本郷は思っている。相手の夫にバレると大変なことになるが、女という生き物はたかがセックスのために家庭を壊すようなことまではしない。

それに、男と違って浮気を隠すのが大変うまい。痕跡を残さないようにするだけではなく、嘘をついたり、言い訳したり、とぼけたり、女優の一面をもっている。

だから夫にバレる心配はほぼないし、そうなると、独身の女と恋仲になるよりずっとリスクは少ない。

現在四十歳の本郷のストライクゾーンは、二十代後半から三十代半ばくらい。その年齢の女と普通に恋愛をすれば、結婚の二文字が浮上してくるのは時間の問題である。

肉体関係を結んでいるのにプロポーズしなければ、「不誠実な男」の烙印まで押されかねない。

馬鹿馬鹿しい話だった。そんな茶番には付き合っていられないので、遊ぶなら人妻に限るのだ。

しかし、時にはハズレを引いてしまうこともある。よくよく見たらたいした顔じゃなかったとか、体の相性が極端に悪いとか、性格が歪んでいて一緒にいて不愉快な気分になる、などの場合は、早々に別れてしまえばいいだけだ。

岡野祐子《おかのゆうこ》は美人だった。

神様が彫刻刀で彫ったようなシャープな美貌に、すらりとしたモデル体形。ともすれば冷たい印象さえ与えかねないほどヴィジュアルがいいのだが、笑顔は柔和だった。結婚するまで大手企業で役員秘書をしていた、という経歴に由来するのだろう。二十七歳にしては落ちついて見えるし、エレガントな所作が板についている。

そのうちチャンスが来たら口説《くど》いてやろう、と本郷は思っていた。しかし、そんなチャンスは訪れないかもしれないし、訪れたとしてもずっと先になるだろうと思っていた。なにしろ彼女は、人妻は人妻でも結婚一年目の新妻なのである。いや、それどころか……。

昼酒の酔いが一発で醒《さ》めてしまったほど美しかった祐子のウエディングドレス姿を、

本郷は間近で拝んでいた。結婚式に参列したからだ。祐子の夫・岡野一郎《いちろう》は、本郷の直属の部下だった。

部下の女房で結婚したばかりの新妻では、いくら祐子がいい女でも、積極的にコナをかける気にはなれなかった。

三年経ったら彼女も三十歳、五年経ったら三十二歳——体は熟れても、夫婦生活の回数は減っていく一方で、欲求不満は募ってくるだろう。愛していると思っていた夫にも、ボチボチ不満が出始める。つまり、美人にも隙ができる。口説くのはそれからでも遅くないと思っていたのだが……。

ある日、銀座の和光で買物をしていたときのことだ。

本郷は、取引先の役員に初孫が生まれた祝いの品を探していたのだが、祐子とばったり会った。彼女は彼女で、親戚の子供の誕生祝いを買いにきていた。

まだ夕方の五時過ぎだったし、夫の一郎がシンガポールに出張に行っていることを本郷は知っていたので、軽い気持ちで「そのへんで一杯どうですか?」と誘ってみた。祐子は快諾してくれ、有楽町にあるイタリアン・バルでワイングラスを傾けることになった。

(この女、やれるんじゃないか……)

ふたりで飲むほどに、酔うほどに、本郷の鼓動は乱れていった。祐子がなにか言ったわけではない。酒の席では聞き役に徹することを決めているらしく、口数が極端に少なかったが、彼女の眼つきがどんどんおかしくなっていった。

それにしたって、極端な変化があったわけではない。しかし、本郷は見逃さなかった。黒い瞳が濡れているのは欲情の証《あかし》。彼女がなぜ、自分に色眼を使ってくるのか、理由はわからなかったが、欲情しているのは間違いなさそうだった。

「二軒目はどうしましょうか？」

試しに言ってみた。

「近くに夜景が見えるバーとかもありますけど、うちで飲み直すっていう手もある。ワインセラーにそこそこのワインが揃ってますし、ハイボールにするとうまいシングルモルトもある」

祐子はすぐには答えなかった。

「それとも、送っていったほうがいいかな？」

彼女の自宅は世田谷だから、送るにはちょっと遠い。帰ると言ったら一万円札を渡して別れようと思った。

「わたし……」

祐子は親指の爪を噛《か》みながら、上目遣《うわめづか》いを向けてきた。そこまで露骨に甘い表情をしたのは初めてだったので、本郷の心臓は跳ねあがった。

「本郷さんがどういうところに住んでいるのか、ちょっと興味あります」

店を出て、タクシーに乗りこんだ。高輪台《たかなわだい》にある古い低層階のマンションが、本郷の自宅だった。古くてもリフォームは行き届いているし、窓の外は緑が生い茂っていて、都会とは思えないほど静かな住環境だ。

祐子は白いワンピースを着ていた。結婚式のウエディングドレス姿を彷彿とさせたが、体にぴったりとフィットして、ボディラインがよくわかるので、ウエディングドレスよりずっとエロティックだった。

「どうぞ」

玄関から間接照明でムーディに彩《いろど》られている。女とやるための部屋だから、リビングのソファセットも、寝室の広々としたベッドも、あるいはリネンや石鹸に至るまで、女ウケがいいようなものばかり揃えてあった。

リビングに入ると、ワインセラーやシングルモルトには眼もくれず、いきなり祐子を抱きしめた。祐子は拒まなかった。それどころか、ちょっと背中や尻を撫でただけで、顔をピンク色に染めてハアハアと息をはずませはじめた。

さらには、突然その場にしゃがみこみ、本郷のズボンとブリーフをさげて、フェラチオまで……。

「むうう……」

ヌメヌメした口内粘膜が吸いついてくるような濃厚フェラに、本郷の腰はきつく反り返った。

祐子はやはり、欲情していたらしい。

結婚式で挨拶したときから本郷に対して恋心を抱いていたとか、夫が出張中で欲求不満だったからではない、と後でわかった。結婚したばかりの夫を愛していないわけでもなかった。

祐子は危険が好きなのだ。

夫の上司とただならぬ関係に陥《おちい》ってしまうという、そのリスキーな状況にこそ、彼女は興奮していたのである。

2

祐子は美人でスタイル抜群なだけではなく、ドスケベな床上手だった。

となると、本郷も一度きりで手放す気にはなれず、全部で五回ほど、本郷の部屋に呼び寄せた。来るたびに、祐子は潮《しお》を吹いたり、連続絶頂で失神しかけたり、顔に似合わぬ淫乱ぶりをまざまざと見せつけてきたが、やがて牙を剝《む》くように、危険を愛する本性を露《あら》わにした。

「今度、うちでしませんか？」

事後のピロートークで、祐子は甘えた声でささやいた。

「いつも夫に抱かれているベッドで本郷さんにメチャクチャにされたら、ものすごく興奮しそう……」

「いやいや、それはさすがに……」

本郷は苦笑するしかなかった。祐子の自宅は、部下の岡野が結婚したときに購入した建売の一戸建てである。行ったことはないが、おそらくまだ新築の匂いさえ抜けていない、新婚夫婦のスイートホームだ。

「わたし、本郷さんが来たっていう痕跡を完璧に消せる自信があるから、絶対大丈夫ですよ」

「そんなこと言ったって、帰ってきちゃったらどうするんだよ」

「帰ってこない時間に会えばいいじゃないですか」

祐子は鼻に皺《しわ》を寄せ、悪戯《いたずら》っぽく笑った。

「昼間にしましょうよ。それならあの人も、帰ってくるわけないし」

大胆な提案だった。なるほど、昼間なら岡野が帰ってくる心配はないだろうが、提案してきたのが他ならぬ彼の新妻であることを考えると、空恐ろしくなってしまった。

とはいえ……。

安心・安全を信条に女遊びを繰り返している本郷でも、祐子の誘いには惹きつけられた。

彼女がスリルを感じるほど燃えるタイプの女であることは、もうわかっていた。たとえば、情を交わしながら夫の話題を振ってやると、ひどく興奮する。一度など、繋《つな》がったまま夫に電話をかけていた。あえぎ声を押し殺しながらも、騎乗位で激しく腰を振りたててきた。

新築のスイートホームの閨房《けいぼう》で他人棒を咥《くわ》えこんだとき、祐子はどこまで乱れるのだろうか？

想像しただけで口の中に生唾《なまつば》があふれ、誘いを拒みきるのは難しかった。


仕事中に抜け出してやって来た祐子の自宅は、予想通り新築の匂いがした。二階建てで建物面積が八十平米に満たないから、大きな家ではない。しかし、小さいほうが、新婚のハッピーオーラが詰めこみやすいのかもしれない。

玄関マットやスリッパからしてファンシーなパステルピンクで、いかにも新婚カップルが住んでます、というような甘い雰囲気が漂っていた。他人事ながら、本郷は赤面しそうなほど気恥ずかしくなってしまった。

（こんなふうに女のセンスに合わせないといけないから、結婚なんかしたくないんだよな……）

寝室も、ピンクと白ばかりだった。そもそも、祐子の部屋着からしてピンクと白だ。エレガントな元役員秘書にして、裸になればド淫乱な祐子も、自宅ではこういう色合いが落ちつくのだろうか？　二十七歳なら、こんなものなのだろうか？

ちょっと意外だったが、それより驚かされたのは、ベッドがダブルでもクイーンでもキングでもなかったことだ。

シングルベッドが、少し間隔を置いて並んでいた。

「あの人、仕事で遅いことが多いから、わたしいつも、先に休んでいるんです」

言い訳がましく、祐子は言った。

セックスは男と女の共同作業だが、睡眠はシェアできない――そういう考え方は正しいと思う。本郷にしても、朝まで腕枕をしていてほしいなどと言う女は断固願い下げだが、それにしたって、新婚一年目で別々のベッドというのは、ちょっと淋しい気がする。

「それで……」

本郷は祐子を後ろから抱きしめた。バックハグである。

「どっちのベッドでオマンコすることが多いんだい？」

「そんな言葉使わないでください」

羞《は》じらいにいやいやをしつつも、祐子の左胸は高鳴っているようだった。バックハグをされながら、尻を振って本郷の股間を刺激してきた。まったく、いやらしい女である。

「こっちがわたしのベッドだから……」

祐子は手前のベッドを指差した。

「あの人がこっちに来て、することが多いです……」

「オマンコを？」

「だから言わないでください……」

恥ずかしげに身をよじる祐子から、本郷は部屋着を脱がした。生地はスウェットのように柔らかく、形はワンピース。一瞬にして脱がすと、燃えるようなワインレッドのセクシーランジェリーが姿を現した。

さすがである。外見はファンシーでも、中身はお色気むんむん。瞬《また》く間にハッピーオーラが消え去って、ドスケベ人妻の色香が匂った。本郷は後ろから彼女のバストを両手ですくいあげ、カップ越しにやわやわと揉みしだいた。

「んんんっ……」

せつなげな声がもれる。

「すごい興奮してるみたいじゃないか？」

本郷は祐子の首筋に鼻を押しつけ、くんくんと匂いを嗅いだ。

「発情している匂いがするよ。夫婦の寝室で他の男と寝る……そんなことで興奮するなんて、ほとんど変態だな」

「へっ、変態なんかじゃ……」

祐子は振り返って本郷を睨《にら》もうとした。次の瞬間、眼尻を限界までさげた情けない顔になった。

本郷の右手の中指が、股間にぴっちりと食いこんだワインレッドのショーツを撫ではじめたからである。

「ふふっ、脱がす前からぐちょぐちょみたいじゃないか……」

じんわりと湿り気のある股布を撫でまわしながら、勝ち誇った顔で言う。

「今日はとことんいやらしい女になってもらうからな。それが望みなんだろう？　あーん？」

本郷はバックハグをとくと、素早くスーツを脱ぎ、ブリーフ一枚になった。ピンク色のベッドカバーを剝《は》がして、その上にあお向けで横たわると、

「またいでこいよ」

顔面騎乗位を求めた。

「ううっ……」

祐子は恥ずかしそうにもじもじしていたが、そもそも夫婦の寝室でセックスがしたいと言いだしたのは彼女だった。おずおずとベッドにあがってくると、和式トイレにしゃがむ要領で、本郷の顔に向かって腰を落としてきた。

「匂う……匂うぞ……獣《けもの》の牝《めす》の匂いがする……」

祐子が放つ発情の香気を、本郷は胸いっぱいに吸いこんだ。さらに、湿り気を帯びた股布に鼻を押しつけて嗅ぎまわす。ついでに舌も伸ばし、下着越しに女の割れ目をなぞってやる。

「ああっ、いやっ……嗅がないでっ……匂いを嗅がないでくださいっ……」

祐子は羞じらいに顔を歪めきっているが、感じているのはあきらかだった。匂いは刻一刻と強くなっていく一方だし、内側から蜜を、外側から唾液を浴びた股布は、あっという間に特大のシミをつくり、割れ目の形状をくっきりと浮かびあがらせた。

「見せてもらうぞ、ドスケベのオマンコを……」

パンティのフロントに指を引っかけ、片側に寄せていく。ワインレッドの生地の向こうから、蜜を浴びて黒々と輝いている陰毛が姿を現す。

祐子はもともとそれほど毛深いほうではないらしく、黒い草むらが茂っているのはこんもりと盛りあがった恥丘の上だけだ。それも、楚々《そそ》とした縦長の小判形で、こんなところまでエレガントだ。

しかし、その下に眼をやれば、エレガントなどという言葉がまるで相応《ふさわ》しくない、淫靡な光景がひろがっている。

アーモンドピンクの花びらは大ぶりで、ぽってりと肉厚だった。それを指でひろげてやると、つやつやと濡れ光る薄桃色の粘膜が姿を現す。刺激が欲しくてたまらないのか、それとも興奮しすぎて息苦しいのか、やけにひくひくしている。イソギンチャクのような姿がいやらしすぎる。

「あううーっ！」

舌を這わせてやると、祐子は声をあげてのけぞった。ガクガク、ガクガク、と腰を震わせている。

「たまらないみたいじゃないか……」

ねろり、ねろり、と本郷は舌を這わせた。やがて左右の花びらが蝶々のような形にひろがってくると、片方ずつ口に含んでしゃぶりまわした。もともと大ぶりで肉厚な花びらは、しゃぶればしゃぶるほど肥厚する。結合時の弾力のよさを、想像せずにはいられない。

「ああああっ……はぁあああっ……」

祐子は早くもスイッチが入ったらしく、腰をくねらせて股間を本郷の顔にこすりつけてきた。クリトリスをねちねちと舐《な》めてやると、新婚夫婦の閨房に淫らに歪んだ声を響き渡らせた。

3

「あぁっ、すごいっ……硬いっ……」

本郷の両脚の間で四つん這いになった祐子は、そそり勃《た》った男根に手を添え、すりすりとこすりあげた。

十分以上、顔面騎乗位でクンニしてやったので、彼女の美しい顔はすでに、生々しいピンク色に染まっている。

ドスケベな人妻は、オーラルセックスが大好きだ。舐められては感じまくり、舐めては興奮する。

硬くなった男根を握りしめた祐子は、やがて舌を差しだした。クンニで興奮しきっているので、顔に唾液が付着するのも厭《いと》わず、夢中になって舐めてきた。ツツーッ、ツツーッ、と竿《さお》の裏側を舌先でなぞっては、キャンディを舐めるように亀頭に舌を這わせてくる。時折、チロチロと裏筋をくすぐっては、欲情に蕩《とろ》けきった上目遣いでこちらを見る。

（たまらないじゃないか……）

本郷は自分の呼吸が荒々しくなっていくのを感じた。一見、お高くとまっているようなのに、奉仕の精神に満ちているのが、祐子のいいところだった。しかも、そんな自分が大好きでしかたない、自己陶酔型である。

「うんああっ……」

唇を大きくひろげて亀頭を頬張ると、すかさず本郷に視線を向けてきた。わたしみたいな美人がこんなことしてるのよ、という心の声が聞こえてきそうだった。若いころなら鼻についたかもしれないが、齢《よわい》四十にもなると、女のそういうところが可愛く見える。実際、祐子は美しい。男根を咥えて美しい顔が歪んでいるのを見るのは、男冥利《みょうり》に尽きるというものだ。

「むほっ、むほっ」と鼻息をはずませて、祐子は男根をしゃぶりまわしてくる。いささかムキになって唇をスライドさせるのは、若さゆえだろう。やさしく丁寧にやったほうが気持ちいいという愛撫の真髄をまだ理解していないようだが、ヴィジュアルがいいので文句を言う気にはなれない。彼女も三十代や四十代になれば、もっとねっとりしたしゃぶり方に目覚めるはずだ。

「ねっ、ねえ……」

祐子が潤んだ瞳を向けてきた。

「わっ、わたし……もう欲しい……」

なるほど、ムキになって唇をスライドさせてきたのは、高まりきった欲情のせいでもあったらしい。

本郷がうなずくと、祐子は唾液まみれの口を指で拭《ぬぐ》いながら、騎乗位の体勢でまたがってきた。

「そのままでいいよ」

祐子がパンティを脱ぐかどうか迷った顔をしたので、本郷は声をかけた。せっかくのセクシーランジェリーだ。もう少し眼福《がんぷく》を味わいたい。ワインレッドの下着を着けている彼女は美しくも淫らなので、まだブラジャーさえ奪っていない。

祐子はパンティのフロントを片側に寄せて小判形の草むらを露わにすると、きつく反り返っている男根に手を添え、挿入の体勢を整えた。切っ先を濡れた花園に導き、角度を合わせて、腰を落としてくる。

「んんんっ……」

欲情しきっているくせに、一気に腰を落としてこないのが、彼女のいやらしいところだった。股間を小刻みに動かして、少しずつ、少しずつ、男根を咥えこんでいく。女の割れ目を唇のように使って、男根をしゃぶりあげてくる。

そうやって自分を焦《じ》らしているのだ。フェラチオのテクニックはもう一歩でも、挿入のいやらしさは、熟れた人妻並みである。

「あああーっ！」

息をとめていた祐子は、最後まで腰を落としきると、喉を見せて声をあげた。結合の衝撃に、ぶるぶるっ、ぶるぶるっ、と全身を震わせている。

本郷は満を持して、彼女の胸に両手を伸ばしていった。ワインレッドのブラジャーに包まれているふたつの胸のふくらみを、下からわしわしと揉んでやる。レースのざらつきと、それに包まれた柔らかな肉が奏でる、卑猥なハーモニーを楽しみつつ、カップを上からめくって乳首だけを露出させる。

あずき色の先端は、すでに鋭く尖《とが》っていた。くすぐりまわしてやると、祐子はくぐもった声をあげて身をよじった。その動きが呼び水となり、腰が前後に動きだす。ずいぶんと濡らしているらしく、早くも粘っこい肉ずれ音がたった。それを羞じらうように祐子はあえいだが、腰の動きはとまらない。

「まったく、いやらしい女だな……」

本郷は呆れた顔で言った。

「夫婦の寝室で自分からチンポを咥えこんで、自分から腰を動かして……ダンナに申し訳ないと思わないのか？」

「いっ、言わないでっ……言わないでくださいっ……」

祐子は美しい顔を後ろめたさに歪めたが、燃えているのはあきらかだった。ずちゅっ、ぐちゅっ、という肉ずれ音が大きくなっていくばかりだし、本郷の陰毛はすでに、彼女が漏《も》らした発情の蜜でぐっしょり濡れている。

「言わないわけにはいかないな。せめてイクのは我慢してみたらどうだ？」

「そっ、そんなっ……」

無理です、とばかりに、恨みがましい眼つきでこちらを見る。

「イキたいのか？」

「ああっ、イキたいっ……イカせてっ……」

「じゃあ、もう少し恥をかいてもらわないとな……」

本郷は祐子の両膝を立てさせた。M字開脚で結合部をさらけださせ、男根が深々と埋まっている光景をまじまじと眺める。アーモンドピンクの花びらが大ぶりで肉厚なので、吸いつき方がたまらなくいやらしい。

「あああっ……ああああっ……」

祐子があえいでいるのは、恥ずかしすぎる格好を披露したからではなかった。両脚をひろげたことで、彼女自身の体重が結合部にかかったからだ。つまり、結合感がより深まった。本郷は左右の太腿《ふともも》を支え持ち、下から律動を送りこんだ。ずんっ、ずんっ、ずんっ、と一打一打に力を込めて……。

「ああっ、いやっ……いやいやいやっ……」

顔を真っ赤にして乱れはじめた祐子の体は、後ろに反っていった。本郷の両膝を両手でつかみ、股間を出張らせるような格好になる。

眼福もここに極まれり、である。しかし、それだけを楽しんでいるわけにはいかない。美しい人妻の身も世もない格好に、本郷の興奮も高まっていく。

ずんずんっ、ずんずんっ、と下から連打を送りこんでやると、

「はっ、はぁおおおおーっ！　はぁおおおおおおーっ！」

祐子は獣じみた悲鳴をあげて、よがりによがった。紅潮した顔をくしゃくしゃにし、髪を振り乱して肉の悦《よろこ》びに溺れていく。

「ああっ、イキそうっ……もうイッちゃいそうっ……」

上ずった声で言ったので、

「我慢しろと言っただろ」

本郷は叱りつけるように返した。

「そっ、そんなっ……無理ですっ……がっ、我慢できないっ……」

「我慢するんだよ」

言いつつも、本郷は右手を結合部に伸ばしていく。こちらに向かってさらけだされているクリトリスを、親指でねちねちと撫で転がしてやる。

「はっ、はぁううううーっ！」

祐子はひときわ甲高《かんだか》い声をあげ、ガクガクと腰を震わせた。

「ダッ、ダメッ……そんなのダメッ……イッちゃいますっ……そんなことしたらイッちゃうっ……あああああっ……はぁあああああああーっ！」

ビクンッ、ビクンッ、と腰を跳ねさせて、祐子は絶頂に駆けあがっていった。恥ずかしそうな顔をしながらも、全身の肉という肉を痙攣《けいれん》させてゆき果てていくその姿は、いやらしすぎるとしか言い様がなかった。

本郷も興奮しきっていたが、射精までにはまだ余裕があった。祐子がイキきったら体位を変えてもう二、三回イカせてやろうと思っていると……。

人の気配を感じてハッとした。

「なっ、なにをっ……いったいなにをやってるんだあああーっ！」

部下の岡野が、寝室の扉を開けて立っていた。

いつの間にか帰宅していたらしい。

平日の昼下がりだった。

なぜこんな時間に帰宅するのか？　仕事はどうしたんだ？　と疑問と憤怒が胸を交錯したが、上司の自分が彼の妻と騎乗位をお楽しみ中では、なにも言うことはできなかった。

4

一カ月後——。

本郷は四国地方のある町にいた。人口七万人。海辺にあり、山が海のすぐ近くまで迫っているから、平地は猫の額ほどしかない。自然だけは豊かだが、他になにもない絵に描いたような田舎《いなか》町である。

そこにある社員十人の〈さぬき企画〉に、本郷は飛ばされてきた。

元いた広告代理店の関連会社だ。元の会社が従業員数三千人を超え、ナショナル企業や大手メディアとの取引があったことを考えると、とんでもない凋落《ちょうらく》ぶりだが、まあしかたがない。

「すまん。申し訳なかった……」

情事の現場に踏みこまれた本郷は、部下の岡野に頭をさげた。

「キミの奥さんがあまりにも魅力的だったんでね。欲望に抗《あらが》いきれなかった」

祐子も祐子で、

「ごめんなさい、ごめんなさい……自分でも、どうしてこんなことしちゃったのかわからない……わたし、自分が全然わからない……」

と泣きじゃくりながら謝ったので、その場はいったん収まった。

しかし、岡野は本郷のことを完全には信用していなかったらしい。祐子との関係を続けるつもりではないかという疑惑を払拭しきれなかったようで、仲人である役員に相談した。

その役員には本郷も可愛がられていたのだが、部下の妻を寝取ったとなれば、さすがにお咎めなしというわけにもいかなかったらしく、関連会社に飛ばされたというわけである。

（離婚沙汰にならなかったことだけが救いか……）

岡野は祐子に未練たっぷりだったので、別れるつもりはないようだった。祐子も離婚は望むところではないだろうから、それはそれでよかったのだが、本郷が所払《ところばら》いになったからといって、あの女の浮気の虫が二度と疼《うず》かないとは思えない。もちろん、それはもう本郷の知ったことではない。

（いい女だったけどな。二、三年経ったら、また一戦交えてみたいもんだ。そのころには、離婚されてたりして……）

本郷は懲《こ》りてもいないし、反省もしていなかった。

仕事ができるからである。本郷は本社の営業二課長として、営業部全体のエースだった。とくに企画力と交渉力は、幹部にも一目置かれていた。

本郷抜きでは営業部の成績は右肩下がりだろうから、ほとぼりが冷めたころ、本社に呼び戻されるに違いない。

呼び戻さなければ、そのときにはこちらにも考えがある。実はライバル社から、秘密裏にヘッドハンティングの声がかかっている。世話になった会社の商売仇《がたき》になるのもどうかと思い、いまのところ返事は保留しているが、東京に帰りたかったら、その話を受けてもいい。

それまでは長閑《のどか》な田舎町でのんびり過ごし、英気を養うのも悪くなかった。季節は風薫る五月。バカンスを決めこむのにうってつけである。

しかし、それが仕事のできる男の性《さが》なのか、一週間と経たないうちに、本郷は田舎暮らしに飽きてしまった。会社に行けばスーパーのチラシをつくるようなことばかりさせられるし、町は退屈の極みだったからである。

とにかく活気がなかった。昼であろうが夜であろうが、眼につくのは年寄りばかり。この町には観光資源も地場産業もなく、ついでに言えば風俗産業もない。盛り場らしきものがあっても、しみったれた酒場ばかりで全然盛っていない。

となると、若者はみんな出ていってしまう。

町を歩いていても、若い女とすれ違うことがない。十八歳から二十五歳くらいまでの女がとにかくいない。女子高生はいるが、制服のスカートの下にジャージを穿いているようなタイプばかりで、東京の女子高生とは全然違う。

本郷はもう四十歳なので、女子高生はストライクゾーンからはずれているし、関係をもったりしたら大問題になってしまうが、それでも東京の街中ですれ違う彼女たちには、若々しい華《はな》やぎを感じ、眼福に眼を細めていたものである。

（まあ、デートをしようにも、デートスポットがショッピングモールとゲーセンくらいじゃな……出ていきたくなって当然か……）

ただひとつ、おかしな現象に気づいた。

若い女が極端に少ない一方で、熟れごろの三十代、四十代の女に、やたらと綺麗な女が目立つのだ。

たとえばコンビニでも、びっくりするような美人がレジを打っていたりする。ラーメン屋や居酒屋など、個人経営の飲食店でも遭遇率が高い。小料理屋には名物女将《おかみ》、スナックには妖艶《ようえん》なママ、その他にも花屋や薬屋、スーパー銭湯の受付に至るまで、美熟女がひしめきあっている。

不思議に思って、オフィスで隣に座っている谷本《たにもと》という同僚に訊ねてみた。歳は三十代半ばくらいか。本郷が半日で終わらせるチラシのデザインに三日もかかる残念な男だが、性格はよさそうだ。

「ああ、それはこの町じゃ有名な話ですよ。男連中だけの飲み会になると、その話で絶対盛りあがりますからね。やれ、どこの店に可愛い子が入った、どこの女将がやっぱりいちばん綺麗だ……」

谷本は自慢げに胸を張った。まるで「この町の誇り」と言わんばかりに……。

「でも、みんな人妻ばっかりですからね。下心なんかもっちゃ絶対ダメですよ。綺麗な人妻は見て楽しむものですから」

馬鹿なのか？　と本郷は内心で首をかしげた。人妻こそ後腐れのないセックスをするのに、最適な相手ではないか？　性感が熟れているのに、たいていは夫にかまってもらえず欲求不満を溜《た》めこんでいる。どんなに澄ました顔をしていても、服を脱がせば獣の牝だ。

いや……。

それは東京で生まれ育った人間の傲慢《ごうまん》かもしれない、と思い直した。

田舎は世間が狭いし、都会より人間関係がずっと濃密だ。誰と誰が結婚しているのかは周知の事実であり、夫とも知りあいである場合も少なくないだろう。となれば、さすがに手を出したらまずい。よく知っている人間の妻に手を出したらどうなるか、本郷は身をもって知ったばかりだった。

だが、逆に言えば……。

本郷はこの町ではストレンジャーであり、エトランゼであり、リーガル・エイリアンなのである。余所者《よそもの》だから、地元の人間関係とは無縁で自由だった。

それをアドヴァンテージにして、どうにかおいしい思いをすることはできないだろうか？　と考えた。相手だって、地元の男なら浮気に二の足を踏むかもしれないが、東京からやってきて、そのうち東京に帰っていく流浪のサラリーマンなら、その限りではないだろう。

だいたい……。

目の前にこれほどおいしそうな獲物がうようよしているのに、手をこまねいていては男に生まれてきた甲斐がない。人妻ハンターとしての本能が、むくむくと頭をもたげてくる。

5

考えたすえにひねり出したアイデアが、コンクールの開催だった。

〈美熟女コンクール〉である。

「こういった催しは普通、二十歳前後の未婚女性が対象になるものですが、そこをあえて、年齢不問、人妻もＯＫという参加規定にしたいと思います。私は常日頃から思っていました。ミス・キャンパスのごときものは、よこしまな感じがしてしようがないと。あんなもの、昔はお見合いの釣書《つりがき》に箔《はく》をつけるため、いまじゃ女子アナ採用へのパスポートみたいなものじゃないですか？　純粋な女性美に対する冒涜《ぼうとく》だ。その点、熟女を対象すれば、そこにはただ美に対する追求があるだけです。美しいものを美しいと讃える……女性美を愛《め》でることを恐れてはいけません。風光明媚な景色を愛でるのと、なんら違いはないですからね。どうですか？〈美熟女コンクール〉を開催して、この町の活性化の一助になっていただけませんか？」

本郷は持ち前の企画力を発揮し、地元企業にプレゼンしてまわって、いくつものスポンサードを取りつけた。

地元のお偉いさんも、町に美熟女が多いことをよく知っているらしく、それを誇りにも思っているようで、誰もが鼻の下を伸ばして協賛を快諾してくれた。

社内の会議など通さず、独断で企画を進めていたのだが、そうなると社長以下、誰も本郷をとめられなかった。

もちろん、本郷の真の目的は町の活性化なんかではない。

美熟女とコネをつけることである。それも、ひとりやふたりではない。コンクールまで開催すれば、この町の美熟女と根こそぎ仲よくなることができるだろうと考えたわけである。

ただ、〈美熟女コンクール〉のホームページを立ちあげても、参加の応募はゼロだった。

「そんなオチだと思ってましたよ……」

同僚の谷本が溜息まじりに言った。

「結婚している女が、コンクールなんかにしゃしゃり出てくるわけないですって。この町の女は、みんなお淑《しと》やかなんです。うちの嫁だって、こんなの絶対に出たくないって言ってましたよ。笑いものになるだけだって」

「心配には及ばない」

本郷はニヤリと笑ってスマホを出した。

東京からある男を呼び寄せるためだった。カタヤマユウジ――ファッション雑誌をはじめ、各界から引っぱりだこの有名カメラマンだ。無駄にイケメンで、そこらの芸人よりしゃべりも達者、テレビの大人気ノンフィクション番組『熱風山脈』にも出演しているから、世間の認知度は高い。

「あら、本郷ちゃん、どうしたの？　会社馘《くび》になったっていうから、心配してたんだけど……」

「仕事を頼みたい。ちょっと四国まで来てくれ。場所はすぐＬＩＮＥで送る」

「ええっ？　私、明日からシンガポールで撮影……」

「こっちの仕事が優先だ。二、三日ですむ」

「そんな強引な……でも、他ならぬ本郷ちゃんの頼みだから……どうしてもって言うなら……なんとか調整するけど……」

「どうしてもだよ。ついでに今回は予算がないから、ノーギャラな」

電話越しにも啞然としているのが伝わってきたが、本郷は電話を切った。カタヤマレベルのクリエイターは、金では動かない。そもそも、金でしか動かないクリエイターなんて、使いものにならない。

カタヤマはゲイで、もうずいぶん長い間、本郷に片思い中なのである。ギャラのかわりにベッドインはできないが、本郷も鬼ではないので、酒を飲みながら手くらいは握ってやることにしよう。


翌日――。

東京から合流したカタヤマを連れて、本郷はコンクールへの参加者を募りはじめた。めぼしいところはすでにリストアップしてある。本郷みずから町中を歩きまわって探しだした女たちだ。

西の店に美女がいるという噂を聞けば、飛んでいって確認し、東にもっと美女がいると聞けば、クルマで一時間の距離でも見にいった。

そんなわけで、あとは個別狙い撃ちで口説いてまわればいいだけだった。

予想通り、いや、予想以上に、カタヤマのネームバリューは田舎でも通用した。田舎だからこそ、なのかもしれないが……。

「えっ？『アノ・アノ』のカバーを撮ってる方ですか？」

「テレビ見ました、『熱風山脈』」

名乗っただけでつかみはＯＫだったし、尻込みしている女でも、その場で写真を撮ってやれば、簡単に風向きが変わった。

カタヤマの撮影方法は独特で、素人のポートレイト写真を撮るときは、ごつい一眼レフカメラを頭の上に高く掲げてくるくるまわす。被写体が「えっ？」と無防備に見上げた瞬間が、シャッターチャンスなのである。当然、ファインダーは見ていないが、それでも二、三度シャッターを切っただけで究極の一枚を撮ってみせる。天才なのである。

その画像をメールで送ってやると、スマホを見た女はうっとりした顔になり、にわかにもじもじしはじめる。

「そこまでおっしゃるなら……恥ずかしいですけど、町の活性化のためにご協力させていただこうかしら……」

本郷とカタヤマは眼を見合わせてニヤリと笑った。

「ありがとうございます。コンクール当日は、彼に撮影を担当してもらって、一流どころのヘアメイクも用意いたします。一生の記念になると思いますよ」

「本当ですよね。カタヤマさんに撮影していただけるなんて、そんなチャンス二度とないでしょうから……」

本郷は内心で笑いがとまらなかった。リストアップしたのは、全部で十人。そのうち九人が、その場で参加を決めてくれたのである。

第二章　ねぶってほしいの

1

本郷の自宅は、町でいちばん高い十階建てマンションの最上階にある。

もっとも、窓から見えるのは古ぼけた町並みと雑木林だけで、夜になったら真っ暗闇だが、二十畳のリビングを有する、九十平米オーバーの物件なので住み心地は悪くない。

どうせ半年くらいで東京に呼び戻されるだろうし、仮住まいだからワンルームでかまわないのに、住むところだけは妥協できないのが本郷という男だった。

自宅はただ単に惰眠をむさぼる場所ではなく、情事のステージとなるからである。よせばいいのに、馬鹿高い運送料を払って、広々としたL字形のソファやキングサイズの高級ベッドを東京から運びこんだ。ベッドもベッドルームもふたつずつある。睡眠用とセックス用だ。

時刻は午前零時《れい》少し前――。

本郷はリビングのソファに腰をおろし、マッカランのハイボールを飲んでいた。一日の疲れを癒《い》やし、明日への活力を得るためのリラックスタイムだ。

目の前のローテーブルには、上は四十歳から下は三十一歳まで、十枚のポートレート写真が並んでいた。〈美熟女コンクール〉の参加者たちだ。カタヤマと参加を求めて説得にまわり、その場で快諾してくれたのが九人。その後、電話でOKしてもらったひとりを加え、全部で十人。

カタヤマの撮影技術もさすがだったが、本郷が町中を歩きまわって選び抜いた女ばかりなので、匂いたつような美女が揃っている。

「ありがとう、本郷くん！　彼女たちは、この町の宝だよ。どこに出しても恥ずかしくない、天然の名産品だ……」

写真を見た〈さぬき企画〉の社長は、感極まりそうな表情でそう言った。ほとんど涙ぐんでいた。御年七十近いので、涙もろくなっているのだろう。

それだけならよかったのだが、

「こんなに綺麗どころが集まったなら、全国ネットのテレビや全国紙の新聞もとりあげてくれるんじゃないかね？　どうだい？　私のほうから働きかけてみようか？」

そんなことまで言いだしたので、

「よけいなことをするんじゃねえ！」

思わず怒鳴ってしまった。

「あっ、いやっ……興奮してしまって、すみません。ただ僕も、この企画に命を懸《か》けておりますので……すべておまかせいただきたいと申しますか……」

本郷はこのイベントで世間の耳目を集めたいわけではなかった。こんなしょぼいイベントに携わっているなんて、東京の人間に知られるほうが恥ずかしい。

本郷はただ、彼女たちとやりたいだけなのだ。

町の活性化もへったくれもなく、美熟女たちの味くらべをしたい。この十枚の写真は、そのまま俺のセフレ候補リスト……そういうつもりで、土日も返上して参加者を募ってまわったのである。

ニヤニヤしつつ写真を眺めては、ハイボールを飲む。酔いが妄想を逞《たくま》しくさせ、今後の展開に思いを馳せる。

社長が涙ぐむほどの美女揃いとはいえ、並べてみれば優劣がついた。

本郷の見立てでは、優勝候補は三人いる。

福本貴和子《ふくもときわこ》、三十五歳――和菓子屋の女将である。京都生まれ京都育ちの京女だが、この町出身で祇園《ぎおん》の和菓子屋で修業していた夫と恋に落ち、結婚した。夫は地元愛の強い人らしく、妻を連れてこの町に帰ってきた。夫が初代となる和菓子屋は、味も接客も店構えも、田舎町にはそぐわないくらい洗練されていて、クルマで何時間もかけて買いにくる熱心なファンも多いらしい。

本郷も食べてみたが、和菓子といえば芋羊羹《いもようかん》という土地柄で生まれ育ったので、味についてはよくわからなかった。ただ、色はとても綺麗だった。ほんのりした桃色と白が繊細なグラデーションをつくっているやつなどは、食べてしまうのがもったいないくらいだったし、どことなくエロティックですらあった。

貴和子も、和菓子の繊細な美しさを彷彿とさせた。色白の細面も息を呑《の》むほど綺麗だが、なにより彼女は和服を着て接客している。髪をアップにした和装に、水のしたたるような色香がある。

接客中の物腰は柔らかく、優美そのものだが、そのくせ、実は底意地が悪そうなところが見え隠れしているのも面白かった。カタヤマと三人で三十分くらい話しただけで、この女はとんでもない見栄っ張りでプライドが異常に高いんだろうな、と思ってしまった。

「〈美熟女コンクール〉？　あんまり感心しまへんね、そないなお遊び」

と言いつつも、開催されれば自分が絶対に優勝するだろうと思っているようだった。

カタヤマの神通力を使うまでもなく、簡単に参加を了承させることができたのは、彼女くらいのものである。

栗原智果《くりはらともか》、三十三歳――町のはずれでオーガニックカフェを営んでいる。ナチュラル志向らしく、化粧っ気もなければ、アースカラーの服を着込んで、洒落《しゃれ》っ気もない。それでもなお、清楚な美人と思わせるところが、彼女のすごさだった。素材だけで比べるなら、おそらく貴和子以上だろう。

浅倉麻帆《あさくらまほ》、三十一歳――実家が老舗のうどん屋で、そこの看板娘として昔から有名だったらしい。

「町いちばんの看板娘」という噂を聞きつけて見にいった本郷は、衝撃を受けた。噂話はたいてい尾ひれがついたり、過剰に盛られたりしているものだ。しかし、彼女に関しては間違いなく噂を超えていた。

三十一歳は今回の参加者の中で最年少だが、二十代半ばにしか見えないし、顔はアイドル級。天使のような童顔なうえ、男殺しのミルキースマイルの持ち主。ただ単に可愛いだけではなく、透明感すらある。

おそらく彼女が優勝するだろう、と本郷は思っていた。

美人度で言えば先のふたりに負けるかもしれないが、日本男児が好きなのは美人より可愛いタイプなのだ。

しかも昔からの看板娘だから、愛想の振りまき方が板についている。トドメに、紬《つむぎ》の着物に割烹着《かっぽうぎ》で接客だ。貴和子のような本気の和装ではなく、垢抜《あか》けていないところが逆に初々《ういうい》しい。そういう女に男は弱い。彼女は絶対に票を集める。

（しかし、残念だ……）

本郷は、コンクールの参加者全員を口説くつもりでいる。そのために開催するのだから、口説かないわけにはいかない。すべての女を抱けるとは思っていないが、半分くらいはなんとかしたい。

ただ、優勝候補筆頭の麻帆だけは、コナをかけることもできなかった。

他の九人が人妻なのに、彼女だけはバツイチだからだ。独身なのである。

一度失敗しているとはいえ、三十一歳ならまだ結婚に夢をもっているだろうから、抱いてしまうのは危険すぎる。

ミイラ取りがミイラになり、気がつけばうどん屋に婿入りしていたなんて結末だけは、絶対に避けなければならない。

2

〈美熟女コンクール〉の開催は一カ月後に決まった。

町でいちばん人が集まる、ショッピングモールのイベントスペースで行なわれる。

それに先立ち、ホームページに参加者十人の写真をアップした。評判は上々だった。閲覧数は予想のはるか上を行き、町中の注目を集めている手応えがあった。

「いやあ、びっくりしました。なんだかんだ言っても、みんな女の人が好きなんですね。SNSでもけっこう取りあげられてるし」

谷本が感心したように言った。

（感心するなら、あっという間に企画を実現させて、話題をかっさらった俺の手腕に感心しろよ……）

と本郷は思ったが黙っていた。谷本なんかにかまっている場合ではなかった。

チラシのデザインやホームページの管理など、面倒な仕事はすべて谷本に押しつけ、いよいよ人妻ハンターとして動きだすつもりだったからだ。

べつにあわてる必要はなく、女たちを口説くのは、コンクールを通して人間関係を築きあげてからでも遅くはない。

だが、我慢できなくなってしまった。

福本貴和子、三十五歳――まず最初に狙いを定めたのは彼女だった。

御しやすい、と思ったからである。

見栄っ張りでプライドが高い女を落とすのは、本郷の得意とするところなのだ。

それに加え、彼女の弱点をつかんでいた。

本郷は企画力と交渉力が売り物のサラリーマンだ。そのどちらにも必要なのが、情報を収集する能力である。情報戦を制したものが勝利をつかむのは、ビジネスだろうが選挙だろうが戦争だろうが変わらない。

もちろん、人妻ハンティングも……。

〈美熟女コンクール〉の開催を決めてからというもの、本郷は夜な夜な飲み歩いていた。酒場は噂話の宝庫だから、日に三軒まわることをノルマにした。いささか金がかかったが、そんなものは経費である。飲み食いくらい自由にできなくては、なんのためにスポンサーを集めたかわからない。

谷本は言っていた。

『男連中だけの飲み会になると、その話で絶対盛りあがりますからね。やれ、どこの店に可愛い子が入った、どこの女将がやっぱりいちばん綺麗だ……』

実際、そうだった。選りすぐりの十人をリストアップするために、その情報はずいぶんと役に立ってくれた。

ただ、人選が終わったあと、それぞれの女のより深い情報を得ようとすると、玉石《ぎょくせき》混淆《こんこう》というか、ガセとしか思えない噂ばかりが耳に入ってきてうんざりした。

「花屋のえっちゃんいるだろ？　あの子、若いころ東京でグラビアモデルやってたらしいよ。ほとんど裸みたいなやつ」

「俺はＡＶ女優って聞いたけどな」

「薬屋のまゆなんて、大阪で風俗やってたらしいぜ」

「大阪っていったら飛田《とびた》かな？　あそこはすごいよな。やり手ババアにたじたじになるけど、言われてみればまゆに似た女がいたような……」

もはや噂というより妄想のレベルだったが、ごくたまに、ガセではないと思われるような話にも出くわした。

煤《すす》けた焼鳥屋のカウンターで、四十がらみの中年男と隣りあわせたときのことだ。熱燗を浴びるように飲み、口を開けば下ネタばかりという、どこの酒場にもいる赤ら顔の酔っ払いだった。

しかし、本郷が〈美熟女コンクール〉の関係者だと告げると顔色を変え、

「参加者の中に、貴和子ちゃんっているだろ？　和菓子屋の……あの子は可哀相《かわいそう》な女なんだよ……」

身を乗りだして切々と訴えてきたのである。

「俺はさ、貴和子ちゃんのダンナ……福本とは高校の同級生なんだ。三年間、囲碁将棋部でも一緒だったから、まあ親友って言っていいと思う。やつが京都に修業に行っちまったときは淋しかったけどね……でも、帰ってきたときはびっくり仰天だ。京都からあんな垢抜けた嫁を連れてきてさ……」

「たしかに、すごい美人ですよね」

「でもあるとき、一年くらい前の話なんだけどさ。俺、嫁に逃げられて落ちこんでたんだ。そうしたらやつが一升瓶ぶらさげて慰めにきてくれてね。やつのやさしさにも胸を打たれたけど、俺は嫁に逃げられたダメージから立ち直れなくて、一杯飲んだらしみじみ泣いちまったんだ。ちょっとばかし競馬の負けが込んで、それを咎められたから殴っちまっただけじゃないかって……たしかに俺が悪いよ。悪うございましたよ。でも、出ていかれたらやっぱり……淋しくて淋しくてやりきれない……そうしたらやつは言ったんだ。『また次の女を探せばいいじゃないか』ってね。俺は怒ったよ。怒るに決まってるだろ、そんなもの。おまえになにがわかる！　って怒鳴っちまった。あんな綺麗な嫁がいて、毎晩ハメてるテメエみたいな幸せ者に、俺の気持ちがわかるわけねえだろ！　って……」

男は震える手でお銚子をつかみ、お猪口《ちょこ》に酒を注《つ》いだ。本郷にも注いでくれたが、なにしろ手がぶるぶる震えているので、酒がこぼれてズボンが盛大に濡れたが、かまっていられなかった。

「そしたらさ……どういうわけかやつも泣きだしたんだ。高校時代からの付き合いだけど、やつが涙を流しているのを見たのは、後にも先にもあのときだけだな。『じゃあ、おまえに俺の気持ちがわかるのか？』って言われた……ダメらしいんだ……」

「ダメ、とおっしゃいますと？」

男はまわりに聞き耳を立てている人間がいないか確かめてから、声をひそめて言った。

「男としてダメなんだ。勃《た》たないんだよ。そうは言っても、いまはけっこういくスリがいろいろ出まわってるじゃない？　心臓に持病があるから、それも飲めないって言ってたな。つまり……やつはあんな綺麗な嫁を娶《めと》っておきながら、ハメられないんだよ。そりゃあ苦しいだろうなって、俺は自分が落ちこんでいたのも忘れて同情しましたよ。勃たないなら、いっそ独り身のほうがマシだよな。あんな色っぽい女と四六時中顔を突きあわせてて、でも抱けないっていうのは……でもさ、苦しいのはやつだけじゃない。貴和子ちゃん、まだ三十五歳だよ……女盛りもまだまだこれからなのに……ダンナに抱いてもらえないんだ……」

「たしかに気の毒ですねえ……」

「そうでしょう？　だからさ、あんたも〈美熟女コンクール〉の関係者なら、そういうことを含んだうえで、貴和子ちゃんに気を遣ってあげてほしいんだ。もうはっきり言うけど、貴和子ちゃんに優勝させてあげてくれよ。まあね、セックスだけが人生じゃないよ。京都で修業してきただけあって、福本の店は大繁盛してる。家も新築したし、クルマはクラウンだ……でも、女としての幸せは……せめてコンクールで優勝くらいさせてあげないと、こんな田舎町に嫁いできた彼女が不憫でさあ……可哀相でしようがないんだよ……」

泣き上戸らしく、男はおしぼりで涙を拭いながらおいおい泣きはじめた。

本郷は同情するふりをしつつ、内心でほくそ笑んでいた。裏をとったところ、その男は本当に貴和子の夫の同級生だった。友達思いの男である。要は裏で便宜を図り、票を操作してほしいらしいが、もちろんそんなことはできない。

しかし、本郷にもできることはある。三十五歳にして夫がＥＤ――欲求不満をもてあましている人妻の体を慰めてやることはできる。いや、むしろ積極的に慰めさせていただきたい。


午後三時――。

平日にもかかわらず、本郷は自宅リビングでくつろいでいた。仕事はサボりである。市長に面会し、〈美熟女コンクール〉の審査委員長を引き受けてもらってくる、と会社には説明したが、そんなものはとっくの昔に約束をとりつけてある。

貴和子を待っていた。

挨拶まわりに使う菓子折を、十個ばかり届けてほしいと頼んだ。ついでに少し話をしたいと言うと快諾してくれた。自宅に人妻を呼び寄せるのに、夜というのはうまくない。貴和子にしても、昼間だから快諾してくれたはずである。

ピンポーン、と呼び鈴が鳴った。

本郷はインターフォンに出てオートロックを解除した。玄関の前で待っていると、程なくしてもう一度呼び鈴が鳴ったので、扉を開けた。

「ああ、どうも。わざわざすみません」

玄関で菓子折十個を受けとり、部屋の中に通す。話がある旨はあらかじめ伝えてあったので、貴和子は楚々とした足取りで入ってきた。

黄色い着物を着ていた。和装には珍しいほど鮮やかな黄色だ。帯はもう少し沈んだ黄色——芥子《からし》色というのだろうか？　帯留めをはじめとした小物も同系色で揃え、グラデーションでまとめている。

和装についてよく知らない本郷でも、感心してしまうセンスだった。きっと着物上級者に違いない。鮮やかな黄色が、輝くようなオーラを放っているように見える。

「コーヒーでよろしいですか？　日本茶もありますが……」

ソファを勧めながら訊ねると、貴和子はソファの前のローテーブルに置いてあったハイボールのグラスを目敏《めざと》く見つけた。

「なにを飲まはっていたんどす？」

「ハハッ、実は会社が休みなんで、昼酒を決めこんでいたんですよ」

「まあ、優雅なこと」

「いやはや、お恥ずかしい」

「ほな、うちもいただこかしら？」

「お酒をですか？」

「ふふっ。こう見えて、眼があらへんほうなんどす」

貴和子は鼻に皺を寄せて笑った。眼だけが笑っていないのが怖かったが、本郷は自分に風が吹いているのを感じた。

男の部屋に来た女が、お茶を拒んで酒を飲む——これがなにかのサインであると考えないほうがおかしいだろう。

「しかし、クルマは大丈夫ですか？」

「タクシーどすさかい」

なるほど、大繁盛している店の女将である。和菓子屋から本郷の自宅までクルマで十分以上かかったはずだ。菓子折十個を届けるのにタクシーを使ったら赤字になりそうなものだが、まあ、懐《ふところ》に余裕があるのだろう。

3

マッカランのハイボールを二杯ずつ飲んだ。

薄くつくったので酔うほどではない。ただ、シェリー樽で熟成された華やかな香りと、昼間から酒を飲んでいる解放感が、一見お高くとまって見える人妻の気持ちをときほぐしたことは間違いない。

「そう言えば、〈美熟女コンクール〉のホームページはご覧になりました？　よくできてるでしょう？」

「そうどすなぁ。うち、反響大きおしてびっくりしてまった。あのホームページに写真載ってから、来るお客はん、来るお客はんに感想言われるし、メールやらＬＩＮＥやらもすごくて……返信するのが大変なくらい」

「それはかえって申し訳なかったですね」

「嬉しい悲鳴どす。おかげさんで、近ごろ疎遠になっとった方とも連絡ができたりして……」

「みんな、奥さんが優勝間違いなしって言ってませんでした？　まるであなたのためにあるコンクールじゃないかって」

「さあ、どうやろう……」

貴和子はとぼけた顔で首をかしげた。満更ではなさそうだった。彼女は見栄っ張りでプライドが高い。そして自信家だ。自信をもって当然の容姿をしているので、文句はない。

色白の細面、端整な眼鼻立ち、とくに切れ長の眼が印象的だ。アップにまとめた黒髪も素敵で、首の細さが際立っている。着物姿しか見たことがないのでスタイルはよくわからないが、おそらくスレンダーだろう。

「ところで、うちになんか話があったんどすなぁ？」

貴和子が訊ねてきた。

「ああ、そうでした。奥さんと飲んでいるのが楽しくて、うっかり肝心な話を忘れるところだった」

本郷は苦笑した。

「カメラマンのカタヤマとも話したんですが……」

貴和子はまっすぐにこちらを見ている。真顔にもかかわらず、期待がひしひしと伝わってくる。

「コンクールの結果がどうあれ、終わったあと、東京に行くという展開は考えられませんか？」

「えっ？」

「いまはモデル業界も、三十代、四十代が活躍してますし、マダム向けの媒体も多い。奥さんなら絶対成功すると思うんですよ」

口から出まかせの嘘だったが、貴和子はぼうっとしている。彼女の期待に違《たが》わぬ、プライドを満たす誘いであったに違いない。

しかし、貴和子はこの町を離れられない。せっかく大繁盛している和菓子屋の仕事を放りだすことなんてできない。本郷はそれがわかっていたからこそ、東京行きの話を振ってみたのだ。

「大変光栄なお話どすけど……」

貴和子はつらそうに眉根を寄せて言った。

「お店もあるんやし、家族を……言うても夫ひとりどすけど、ほんでも夫をひとりこっちに残していくわけには……」

ひどく申し訳なさそうにしている。予想通りの展開だった。上京の誘いを断ったことで、彼女の中に罪悪感が芽生えるところまで本郷は読んでいた。これで次の誘いは断りづらくなる。体を求めたときは……。

「それは本当に残念だ。あなたのような素敵な人と、東京で仕事ができるのを楽しみにしていたのに……」

「そないな……東京やったら綺麗な人なんていっぱい……」

本郷は立ちあがり、貴和子に手を差しだした。貴和子はわけがわからないという顔で、けれども遠慮がちに手を伸ばしてくる。

本郷は手を繋いで立ちあがらせた。窓辺にうながし、二、三歩さがって、貴和子の全身を眺めた。

「せっかくなんで、眼に焼きつけさせてもらってもいいですか？」

「えっ？　なにを……」

「素敵な着物姿をですよ。カタヤマのやつは、仕事が早いでしょう？　だからこそ天才なんですけど、おかげでこの前は奥さんのことをじっくり眺められなかった。天才にありがちなことですが、気が利かない」

「うちのことなんて、眺めてもおもんないどすえ……」

口では言いつつも、頬がほんのり桜色に染まってきている。満更ではないどころか、言葉が心に食いこんでいる手応えがある。

「東京にもいませんよ。奥さんみたいな綺麗な人……」

本郷は、一歩、また一歩、と貴和子に近づいていった。視線が合っている。貴和子の眼はもう、愛想笑いをしていたときの眼とは違った。黒い瞳がねっとりと潤んで、感情がダダ漏れである。

息のかかる距離まで近づいていくと、再び手を握った。じっとりと汗ばんでいた。貴和子はまだ視線をはずさない。本郷もである。見つめあったまま、無言でメッセージを送る。

——奥さんが欲しい。

メッセージは伝わったはずなのに、貴和子の反応はない。口も開かなければ、握った手を振り払いもしない。つまり、拒まれてはいない。

「ぅんんっ……」

唇を奪った。強く口を吸ってやると、こちらを見ていた貴和子の視線が遠くにさまよいだした。キスされてしまった、と思っているようだった。夫を裏切った罪悪感に、黄色い着物に包まれた体が小刻みに震えだす。

だが、彼女はべつに誰のことも裏切っていない。性欲は人間の三大欲求のひとつ、男であれ女であれ、健康ならばセックスがしたくて当然なのだ。諸事情があって夫がEDなら、外でストレスを発散したところで誰にも咎められないだろう、

「ぅんんっ……ぅんんっ……」

舌をからめてやると、貴和子はいよいよ吹っ切れたらしく、情熱的にキスにのめりこんでいった。みずからも舌をからめ、吸ってくる。

本郷は貴和子の尻に手を這わせた。着物を着ていても、女の尻の形はわかる。貴和子の場合は小ぶりである。

だが、手のひらをぴったりと密着させてみると、見た目から想像していたよりずっと丸かった。サイズは小さくても、形のいい美尻らしい。丸みを吸いとるように撫でまわせば、口の中に唾液があふれてくる。生身を見るのが楽しみすぎて、痛いくらい

に勃起してしまう。

(さて、どうしたものか……)

本郷の前にはいま、選択肢がふたつ存在した。

着物を脱がすか、脱がさないか……。

毎日和装で店に出ているのだから、自分で着付けができないということはないだろう。しかし、着物は脱がすと面倒だ。皺になったり汚さないように細心の注意を払わなければならないし、「脱いだ」という痕跡が残りやすい。

となると、着物を脱がさず、裾《すそ》をめくりあげて立ちバック、あるいは騎乗位というのが、現実的なところかもしれない。本郷にしても男だから、女を丸裸にしたい欲求は強いけれど、貴和子に迷惑をかけるようなことがあってはならない。

迷っていたが腹は決まった。

「こっちへ……」

貴和子の手を取り、ソファに並んで腰をおろした。貴和子の顔はもう、淫らに蕩けはじめていた。瞳の潤み方もすごい。久しぶりに味わえる肉の悦びに期待を寄せ、興奮が高まっているのが伝わってくる。

もちろん、本郷は期待に応えるつもりだった。いや、期待以上に甘美な体験をさせてやらなければ、男がすたるというものだ。

4

女の隣に座っていると、男の視線は自然と胸に向くものだ。そこが女のセックスアピールなのだから、見ないわけにはいかない。

しかし、日本の民族衣装は、胸を堅固に守っている。着物を着ていてはサイズや形がよくわからないばかりか、襟《えり》から手指を侵入させることも躊躇《ちゅうちょ》してしまう。

和服というものは、襟を乱してしまうと取り返しがつかないのだ。結局、帯をといて着付けのやり直しとなってしまうから、着物を着せたままセックスをする意味がなくなる。

（クソッ、我慢だ……いまは我慢するしかない……）

貴和子の胸をまさぐりたい欲望をぐっとこらえ、本郷は彼女の太腿を撫でまわした。黄色い着物は無地で、柄や絵は入っていなかった。

やさしげなタッチで太腿を撫でさすりつつ、裾をそっとめくっていく。襦袢《じゅばん》は白だった。それもめくると、ようやく太腿が姿を現した。細かった。太腿というからには太くあってほしい、というのが本郷の持論だったが、上品なたたずまいの貴和子には、細い太腿がよく似合っていた。きっと、脚を揃えて気をつけをしても、両脚の間から向こうの景色が見えるだろう。

「ううっ……」

貴和子が顔をそむけて小さくうめいた。やめてと言ったり、本郷の手を押さえてきたりはしなかった。プライドの高い彼女は、浮気に足を踏みだした以上、恥ずかしがっていてはよけいに恥ずかしいと考えているようだった。

逆に言えば、彼女はものすごく恥ずかしがり屋なのだ。「我、事において後悔せず」と言った宮本武蔵が、実は後悔ばかりしていたのではないか、と指摘した文豪がいる。そんな自分を隠し、戒めるために、「我、事において後悔せず」と強がっているのではないかと……。

「ううう……んんんっ……」

生身の太腿を撫でまわすと、貴和子はくぐもった声をもらした。内腿がとくに敏感らしく、ちょっと触れただけでビクッとする。反応がよすぎてニヤついてしまいそうになる。生来、敏感な体質なのか、それとも欲求不満を溜めこんでいるせいなのか、胸の高鳴りがとまらない。

しかも、優美な着物の裾がめくられ、太腿が露わにされている女の姿というのは、たまらない眼福である。

本郷は貴和子の足元にしゃがみこみ、着物の裾をさらにめくった。抜けるような白い素肌の奥に、いきなり黒いものが現れた。

噴水が左右に跳ねあがるような、美しい草むら——貴和子は古式ゆかしい作法に則り、着物の下にパンティを穿かない主義らしい。和装のときの正しい下着は、腰巻きなのである。

ふうっ、と草むらに息を吹きかけてやると、

「あああっ……」

貴和子は美貌を真っ赤にして声をあげた。やはり、とんでもない恥ずかしがり屋らしい。いまどき、女子高生だって陰毛を見られたくらいで顔を真っ赤にしないのではないか？

「いい眺めですよ……」

本郷は熱っぽくささやいては、左右の太腿を撫でまわす。指先と爪を使い、フェザータッチでくすぐりまわすと、貴和子は早くも身をよじりはじめた。

「着物姿も素晴らしいけど、脱いだらもっとすごいんですね……」

貴和子は言葉を返さない。唇を真一文字に引き結び、いやいやと首を振って恥ずかしがっている。と同時に欲情を燃えあがらせていることが、紅潮しきった美貌から伝わってくる。

本郷は彼女の両脚をひろげた。M字開脚だ。

「みっ、見んといてっ……」

貴和子が顔をそむけて声を震わせたが、見ないわけにいくはずがなかった。

(すっ、すげえ……)

本郷はまばたきも呼吸もできなくなった。

着物を着せたままセックスを始めたのは、どうやら大正解だったらしい。

ノーパン・腰巻きだから、女の花がいきなり剝きだしである。噴水のように跳ねているる黒い草むらの下で、アーモンドピンクの花びらが行儀よく口を閉じている。花びらのサイズは控えめで、かなり薄かったが、三十五歳なのに色素沈着のまったくない綺麗な色艶《いろつや》をしていた。女の花の下で恥ずかしそうにすぼまっている後ろの穴など、薄紅色の清らかさだ。

さらに……。

和装であるから、白い足袋《たび》を穿いていた。これが悩殺的すぎて、本郷は身震いがとまらなくなった。パンストやガーターストッキング、若い女ならソックスなんかも悪くはないが、白い足袋のフォーマル感は特別だった。もはや非日常と言っていいような、格式高いエロスを放射している。

「ねっ、ねぶるんどすか？」

貴和子が蚊の鳴くような声で訊ねてきた。

「ええ」

本郷がうなずくと、貴和子は続けた。

「すんまへん……うち……それ苦手で……」

嘘つけ！　と本郷は胸底《きょうてい》で叫んだ。こちらは野暮《やぼ》が服を着て歩いているような東《あずま》男《おとこ》。それでも、京女の言葉を額面通り受けとってはいけないことくらい知っている。

彼女は舐めてほしいのだ。それも、鼻息を荒らげて情熱的に舐めまわしてほしいから、逆のことを言ってきたのである。女が嫌がるプレイこそ、男がやりたがることを熟知している。興奮している男は、基本的に天邪鬼《あまのじゃく》なのである。

だが、そこまでわかっていれば、素直に情熱的なクンニをしてやるわけにはいかなかった。興奮している男は天邪鬼――メチャクチャに舐めまわしてほしいなら、その逆をやりたくなってくる。

「そうですか……舐められるのは苦手ですか……」

本郷は女の花に顔に近づけ、ふうっと息を吹きかけた。吐息が噴水形の草むらを揺らし、アーモンドピンクの花の匂いを孕《はら》んで跳ね返ってくる。

「見たり触ったりはいいんですね？　奥さん……」

親指と人差し指を使い、女の割れ目の両サイドに添える。輪ゴムをひろげるようにして、ぐいっとひろげていく。つやつやと濡れ光る薄桃色の粘膜が見えた。ゼリー状の透明感があり、合わせ目からしたたり落ちそうなほど濡れている。

「残念だなあ……こんなに綺麗なオマンコ、舐められないなんて……」

割れ目を閉じては開き、開いては閉じる。リズムをつけて繰り返せば、貴和子は身をよじりだす。

「ちなみに、どうしてクンニが嫌いなんです？」

「そっ、それは……」

あきらかに呼吸を乱しながら、貴和子は答えた。

「匂いやら……味やら……知られるのが嫌っちゅうか……」

「ふふっ、匂いならもう知られてますよ」

本郷はくんくんと鼻を鳴らした。

「とってもいい匂いがします。獣の牝が発情している匂いが……」

「いやっ……ああっ、言わへんどぉくれやすっ……」

「あとは味だけですが……」

本郷は割れ目の開いて閉じてをやめ、クリトリスの包皮を剝いた。花びらも薄ければ、肉芽もかなり小さかった。米粒くらいしかないのではないだろうか？　本郷はそれには直接触れず、包皮を被せては剝き、剝いては被せた。割れ目のときと同じように、リズムをつけて繰り返す。

「舌の裏側だと味覚を感じないって知ってました？」

「……えっ？　はっ、はい？」

貴和子はクリトリスに与えられている微弱な刺激が気になって、会話どころではない様子だ。

「味覚を感じるのは、舌の表面なんですよ。だから、裏側で舐めたら味はわからない。これは奥さんにとって朗報だ。しかも……しかもですよ。舌の表面は味覚のセンサーである味蕾《みらい》があるからざらついてますが、裏側はつるつるとなめらかだ。舌の裏側でクリトリスを舐められたことありますか？」

「うっ、裏側？」

本郷は、クリトリスの包皮を剝ききった。興奮で鋭く尖り、珊瑚《さんご》色に輝いている女の性愛器官に、ふうっと息を吹きかけた。

「あうううーっ！」

貴和子が白い喉を突きだす。

「つるつるした舌の裏側でクリを舐められると、女はたまらないみたいですよ。ひいひいよがり泣いて、一分とかからず昇天……」

本郷は執拗に、クリトリスの包皮を剝いては被せ、被せては剝いている。

「あくまで僕の経験した範疇《はんちゅう》ですが、イカなかった女はまずいませんね。それも、いつもの何倍も大きな声をあげて……」

「いっ、いけずやわあ……」

貴和子が泣きそうな顔で見つめてくる。

「そないな話、うちにしてどないしようっちゅうんどす？」

「いや、まあ……素直になってもらおうと思いまして」

本郷は意味ありげに笑った。

「本当は舐めてほしいでしょう？　舐めてっておねだりすれば、舐めてあげますよ。つるつるの舌の裏で、クリがふやけるくらいね……」

「おっ、おねだりなんてできしまへんっ……うちはほんまに、ねぶられるのが苦手なんどすっ！」

「だから、舌の裏で舐めれば、味なんてわかりませんって」

「そっ、そんなんちゃうくてっ……はあぁううううーっ！」

貴和子がしたたかにのけぞった。本郷が肉穴に右手の中指を入れたからだ。とはいえ、まだ第一関節まで。のけぞるほどじゃないと思うが……。

「すごい濡れてるし、締まりますよ……興奮してるんでしょ？　指を出し入れしながらクリを舐められたら、たまらないと思いますよ……」

「あああああっ……あうううっ……」

浅瀬をヌプヌプと穿《うが》ってやると、貴和子は乱れはじめた。もうすでにたまらないらしい。彼女は白い足袋に包まれた両脚をソファにのせていたが、その爪先がぎゅっと丸まったのを本郷は見逃さなかった。

「はあああああーっ！　はぁああああああーっ！」

中指を第一関節から第二関節、さらには根元までと、深く埋めていくほどに、貴和子の美貌は紅潮し、くしゃくしゃに歪んでいった。閉じることができなくなった口唇から、荒ぶる呼吸と嬌声《きょうせい》だけを、絶え間なく放ちつづけている。

「あっ、あきまへんっ……そんなんあかんっ…………」

貴和子が焦った声をあげた。

「そっ、そないにしたらイッちゃうっ……イッちゃいますっ……」

お高くとまっているように見えて、可愛い女である。本郷は内心で苦笑した。まだ指を一本しか入れていない。しかもまっすぐ伸ばした状態で、ゆっくり抜き差ししているだけである。Ｇスポットすら刺激していないのに、この乱れようは……。

「自分ひとりだけイクんですか？　ちょっとは我慢してくださいよ……」

本郷の声は、もはや貴和子には届いていなかった。きりきりと眉根を寄せて、肉の悦びだけに集中していく。

「イッ、イクッ！　イクウウウウーッ！」

ビクンッ、ビクンッ、と腰を跳ねあげて、貴和子は果てた。ぶるぶるっ、ぶるぶるっ、と痙攣する細身の太腿がいやらしい。漏らした蜜はすでに、下のすぼまりはもちろん、尻の下に敷いている白い襦袢にまで垂れていっている。

とはいえ、積年の欲求不満は、たった一度イッたくらいでは解消されないだろう。そんなことはわかっていた。本番はこれからである。

「ひいいっ！」

本郷が舌の裏側でクリトリスを舐めはじめると、貴和子は驚いた声をあげた。しかし、まだ絶頂直後の放心状態から抜けだせていない。混乱しきった状態で、ねちねち、ねちねち、クリトリスを舐め転がされる。さらには肉穴に埋まった指が、二本に増える。本郷は中指と人差し指を鉤《かぎ》状に折り曲げると、Ｇスポットの凹《へこ》みに引っかけるようにして、抜き差しを開始した。

「あっ、あきまへんっ……あきまへんってっ……」

すがるように叫んだところで、彼女の体には火がついている。その証拠に、クリとＧスポットに波状攻撃を受けて、腰が動きだしている。股間を上下に動かす、淫らすぎる姿を披露する。

「舐められるのが嫌なら、やめてもいいんですが……」

本郷がクククッと喉奥で笑うと、

「やっ、やめんといてっ！」

貴和子は焦った声をあげた。

「ほーう。もっと舐めてほしいわけですか？」

真っ赤な顔でコクコクとうなずく。

「じゃあ、どこを舐めてほしいか言ってくださいよ。東京じゃオマンコって言うんですけど、京都じゃ違うんですよね？　三文字でしたっけ？」

「くっ……」

貴和子は顔をそむけ、唇を噛みしめた。さすがにそれを口にするのは、プライドが許さないのかもしれない。

しかし、本郷の右手の二本指は肉穴に埋まったままだった。中で尺取虫のように動かし、上壁のざらついた凹みをこちょこちょとくすぐってやると、

「ああぁっ……はぁあああぁーっ！　はぁあああぁーっ！」

貴和子はもどかしげに腰をもじつかせた。

「もっと強い刺激が欲しいんでしょ、奥さん。言えば天国に行けますよ。どこを舐めてほしんですか？」

「ああああっ……はぁああ……オッ、オメコッ！　オメコねぶってっ！　ねぶっとおくれやすっ……」

羞じらいに身をよじりながらおねだりしてきた京女の姿は限度を超えていやらしく、本郷は満足した。赤っ恥をかいた女には、ご褒美が必要だろう。

鉤状に折り曲げた二本指を、フルピッチで抜き差ししてやる。飛沫《しぶき》さえ飛ばしつつ、舌の裏側でクリトリスを舐めはじめる。ねちねち、ねちねち、いやらしいほどねちっこく、舐め転がしてやる。

「はっ、はぁうううううっ……はぁあああああっ……イッ、イクッ……またイッちゃううううううーっ！」

貴和子は喉を突きだしてのけぞり、あっという間に二度目の絶頂に達した。

しかし、本郷は愛撫を中断しなかった。まだまだ連続絶頂に導けそうな手応えがあったからである。

鉤状に折り曲げている二本指を抜き差しするほどに、あとからあとから新鮮な蜜があふれてきた。潮まで吹きそうな勢いだったし、締まりもすごい。二本の指が、食いちぎられてしまいそうだ。

「おっ、おかしなるっ……おかしなってまうっ……貴和子、壊れるっ……壊れてまううう一っ！」

叫びながら、ビクンッ、ビクンッ、と腰を跳ねあげる。ガクガクと腰を震わせながら、甲高い悲鳴をあげつづける。

どうやら、三度目の絶頂に達したようだった。

5

「もしかして怒ってます？」

本郷は貴和子に声をかけた。乱れた着物の裾を直し、背中を丸めてソファに座っている。先ほどからがっくりとうなだれたままだ。

「奥さんのためだと思って舐めたんですが……怒ってるなら謝ります」

「……怒ってまへん」

地を這うような低い声で、貴和子は答えた。彼女が怒っていないことくらい、本郷にもわかっていた。貴和子はただ、恥ずかしがっているだけだ。自分ばかり三回も立てつづけにイカされ、しかも禁断の三文字を使っておねだりまでさせられて、穴があったら入りたい心境なのだろう。

「そろそろ続きがしたいんですが……」

貴和子がようやく顔をあげた。不安げな様子の彼女に見せつけるように、本郷はブリーフを脱いだ。他の服はすでに脱いであったので全裸である。きつく反り返った肉の棒が、裏側をすべて貴和子に向けてそそり勃つ。

（こっ、興奮するじゃないかよ……）

相手はきちんとした和装なのに、こちらだけ全裸というシチュエーションは、思った以上に刺激的だった。

「クンニが苦手なら、フェラも苦手かな？　それなら、割愛してもいいですが……」

「割愛してどないするんどすか？」

貴和子が上目遣いで訊ねてきた。早くも三回連続絶頂の効果が出ていた。彼女は上目遣いで男に媚《こ》びるようなタイプではない。それでも媚びずにいられない。あれだけ恥をかかせてやれば、彼女はもう、本郷の手のひらの上で踊るしかないのだ。

「それはもちろん、奥さんとひとつになるんですよ」

「たっ、体位は？」

「着物を乱れさせては申し訳ないので、立ちバックが有力ですね。騎乗位でもいいですけど」

貴和子は眼を泳がせて少し考えていたが、

「うちがねぶらしていただきます」

やがてソファから立ちあがり、本郷の足元にしゃがみこんだ。プライドの高い彼女のことだ。自分ばかりイカされるのが悔しいのかもしれない。挿入されてしまえば、彼女にはもはや、為《な》す術《すべ》がない。たとえ騎乗位でも、先にイクのは自分のほうだろうと考えたに違いない。

「しっ、失礼します……」

コクンと小さく生唾を呑みこんでから、貴和子は右手を男根に伸ばしてきた。ぷっくりと血管を浮きあがらせて黒光りしているそれに、白魚の指先をそっと添える。

(我ながら元気だな……)

本郷は胸底でつぶやいた。相手が貴和子ほどの上玉となれば、普段より勢いよく勃起していて当然だった。触れられる前から漏らした我慢汁で亀頭はテカテカに光っているし、ズキズキと熱い脈動も刻んでいる。

「ううっ……ぅんああっ……」

貴和子は口唇をひろげると、舌を差しだしてきた。裏筋のあたりから、ねろり、ねろり、と舐めてきた。その顔は、刻一刻と紅潮していった。本郷の熱い視線を受けとめているからだろう。

本郷の顔もまた、燃えるように熱くなっていった。貴和子の舐め顔が、想像をはるかに超えていやらしかったからだ。

そもそも、口腔奉仕などしそうにない、気品に満ちた女が貴和子だった。はんなりした京女が、鮮やかな黄色い着物を着て足元にひざまずき、おのが男根を舐めているのだから、いやらしくないわけがない。

とはいえ、貴和子も女である。欲求不満のその体は、クンニで三回イカされて、すっかり火がついてしまっている。ねろねろ、ねろねろ、と舌を動かすほどに、口腔奉仕に没頭していった。口ではないところを貫かれる瞬間を、想像しているに違いなかった。

「うち、こんなん、夫にもしいひんのどすえ……」

本郷を見上げ、言い訳がましくささやいてくる。

眼尻を垂らした泣きそうな顔になっているのは、欲情のせいに違いなかった。貴和子は口を大きくひろげて亀頭を頬張ると、唇をスライドさせはじめた。性技に長けているとは言えないが、気持ちがこもっていた。唇をスライドさせるほどに、早くちょうだい、早くちょうだい、という心の声が聞こえてくるようだ。

本郷も我慢できなくなってきた。貴和子の口唇から男根を引き抜くと、彼女の腕を取って立ちあがらせた。さらにソファに両手をつかせる。

「どっ、どないするんどす？」

どうするもこうするもないだろう。ソファに両手をつかせて尻を突きださせているのだから、立ちバックに決まっている。

彼女に着物を着せたままひとつになるには、騎乗位という選択肢もあった。悪くはないが、やはり立ちバックにした。

「あああっ……」

後ろから着物の裾をめくっていくと、満月のように白く冴えた尻が姿を現した。これが見たかったんだ、と本郷は胸を高鳴らせた。

決して大きな尻ではなかった。横幅が狭いが、立体感があって異様に丸みがある。まるで、後ろから突いてくださいと言わんばかりの尻だった。豊満な巨尻は、実は立ちバックに向いていない。貴和子くらいの小さな丸尻のほうが、後ろからコントロールしやすいのである。

（それにしても、すごい匂いだ……）

着物の中に、発情の匂いがこもっていたらしい。裾をめくった瞬間、それが空気中に拡散され、本郷の鼻をくすぐってきた。自分でもわかったのか、貴和子は恥ずかしそうにうつむいた。

クンニで三回イッた彼女は、まだ興奮の最中にいた。挿入前にバッククンニをしてやってもよかったが、その必要はなさそうだった。

突きだされた小さな丸尻の中心、桃割れの間に指を差しこんで触ってみると、驚くほど大量の蜜が指にからみついてきた。よく見れば、匂いたつような女の蜜は、内腿まで垂れてきていた。

本郷は男根を握りしめ、切っ先を濡れた花園にあてがった。亀頭が女の花に密着しただけで、貴和子はビクッとして身構えた。顔が見えなくても、期待と興奮ばかりが伝わってくる。

立ちバックを選択したのは、間違ってなかったらしい。和装の女は、後ろからでも見所が多いものだ。着物からめくりだされた尻、さらには髪がアップにまとめられているので、うなじもよく見える。

「いきますよ……」

ひと声かけてから、ぐっと腰を前に送りだした。濡れた花園に亀頭が沈み、そのまままずぶずぶと入っていく。貴和子は息をとめている。本郷はじっくりと時間をかけて肉と肉とを馴染ませつつ、男根を根元まで沈めこんでいく。

「はぁあああああーっ！」

最奥まで貫くと、貴和子はとめていた息ごと歓喜の声をもらした。久しぶりのセックスに、体中を小刻みに痙攣させている。

本郷はしばし動かずに、小ぶりな丸尻を両手で撫でまわしていた。ここまで来て焦るのは愚の骨頂。あわてて動きださなくても、女が我慢できなくなる。

それにしても、いい尻である。剥き卵のようにつるつるしていて、撫でれば撫でるほど手のひらに吸いついてくる。

「くぅうっ……くぅううぅーっ！」

予想通り、貴和子が先に動きはじめた。最初こそ身をよじるふりをして、さりげなく性器と性器をこすりあわせてきたが、すぐに我慢できなくなって前後運動に移行した。肉穴を口唇のように使って、大胆に男根をしゃぶりあげてきた。

とはいえ、バックスタイルで女が動いても、スムーズかつスピーディなピストン運動にはならない。

早く動いて！ という心の声が聞こえてくるようだったが、本郷は動かなかった。やがて、貴和子が振り返って恨みがましい眼つきで睨んできた。本郷は彼女の双肩をつかんで、上体をこちらに引き寄せた。

顔と顔が、息のかかる距離まで近づく。唇を重ね、舌をからめあわせる。キスをしつつも、貴和子は焦れている。はしたなくも尻を押しつけてきたり、白い足袋を穿いた足で足踏みをしたり、切羽つまった欲情が伝わってくる。

それでも本郷は動かなかった。腰を動かす前にやることがあった。

和服を襟を崩してしまうと取り返しがつかないことになる。帯をといて一から着付けをやり直さなければならない。よって乳房をさらけださせることはできないが、愛撫ができないわけではない。

女の着物の脇には、「身八つ口」という縫い目が入っていない、切れこみのような部分がある。通気をよくするためとか、手を自由に動かすためとか、その存在理由には諸説があるが、男の着物に身八つ口はない。

本郷はそこから手を入れて乳房を愛撫するためのものだと確信していた。女の着物にしかないのだから、通気もへったくれもなく、乳房を愛撫する以外の存在理由なんてあるわけがないのだ。

「むううっ……」

本郷は両手を左右の身八つ口に入れていった。乳房を愛撫するための切れこみとはいえ、帯をきつく巻いているので簡単に手指は侵入できない。着物や襦袢と女の体は、ぴったりと密着している。

とはいえ、女の乳房は柔らかい。それも三十五歳の熟女となれば、若い女の乳房のように弾力に富んでいるわけではない。むぎゅむぎゅと肉を掻《か》き分けるようにして、奥まで両手を入れていく。目指すはもちろん、もっとも敏感な乳首である。

「くぅううーっ！」

やっとのことで乳首に指が触れると、貴和子は切羽つまった声をもらした。もう辛抱たまらないとばかりに、足踏みをして小さな丸尻を振りたてる。

もしかすると、胸を堅固に守っている和服の中に男の手指が侵入し、乳首をいじられるというのは、裸になって愛撫されるより、刺激的なのかもしれない。ましてや彼女は、後ろから男根で貫かれている状態だ。乳房をいじってやるほど、それは硬く尖っていき、と同時に、肉穴が締まって男根に興奮を伝えてくる。

「いっ、いけずっ……いけずやわあっ……」

いよいよ本当に貴和子が泣きそうになってきたので、本郷はニヤリと笑って、ようやく腰を動かしはじめた。まずは、ぐりん、ぐりん、と腰をまわして、硬く勃起した男根で、内側の肉ひだを攪拌《かくはん》してやる。

「あおっ……」

貴和子は一瞬、白眼を剝きそうになり、振り返っていられなくなった。腰のグラインドだけで、軽いエクスタシーに達したようだった。だがもちろん、昇天するにはまだ早い。

ぐりん、ぐりん、と腰をまわしつつ、乳首をしつこく刺激してやる。着物と肉の隆起に挟まれて、手指は自由に動かせない。親指と人差し指ではなく、人差し指と中指で乳首を挟む格好だが、その不自由な感じも悪くなかった。綺麗な着物を着せたまま、内側から女を犯している感覚だ。

「あああっ……はぁあああっ……はぁあああっ……」

貴和子の呼吸が荒々しくはずみだし、本郷も腰の動きを変化させた。グラインドからピストン運動へ――貴和子のあえぎ声が甲高くなる。だがそうなると、もっとあえがしてやりたくなるのが男の性だ。

名残惜しいが、本郷は身八つ口から両手を抜いた。貴和子の両手をあらためてソファにつかせ、自分の両手は彼女の腰へ……。

帯の上からがっちりつかみ、本格的に突きあげはじめる。いままで我慢してきたものを一気に解き放ち、パンパンッ、パンパンッ、と小さな丸尻を打ち鳴らす。

「はっ、はぁうううううーっ！」

貴和子がのけぞって声をあげる。声音が淫らに歪んでいる。いい声だった。いくら突いても声をあげない女はつまらないし、声が大きすぎるのも閉口する。貴和子の場合は、ちょうどいい。男をノリノリにさせる魔力がある。

「むうう……むうう……むうう……」

貴和子が撒《ま》き散らすいやらしい声に煽《あお》られ、本郷もリズムに乗っていった。息をとめて、連打を放った。顔は見えないが、貴和子もおそらく息をとめている。うなじや耳が生々しいピンク色に染まってくる。

たまらなかった。

貴和子はやはり、欲求不満をずいぶんと溜めこんでいたようで、のめりこみ方が尋常ではない。革のソファをガリガリと掻き毟《むし》りながら、肉の悦びに溺れていく。本音を口にしない京女でも、欲情ばかりは隠しきれない。

そんな女と繋がっていれば、男だって夢中にならずにいられない。

どこかのタイミングで騎乗位に体位を変えようと思っていたのに、そんなことさえどうでもよくなっていく。呼吸も忘れて、ただ一心不乱に連打を放つ。突きあげれば突きあげるほど、貴和子はいい声でよがり泣く。肉穴の締まりがじわじわと増し、一体感が高まっていく。まったく、よく締まる。着物を着せたままの立ちバックで、こんなにも一体感が味わえるなんて、夢にも思っていなかった。

「そっ、そんなんあかんっ……あかんってっ……」

貴和子が切羽つまった声をあげた。

「うち、もうイッてまうっ……イッてしまいそうっ……」

本郷にも限界が迫っていた。このまま一気に恍惚《こうこつ》を分かちあおうと、フルピッチで連打を放つ。パンパンッ、パンパンッ、と小さな丸尻を打ち鳴らす。男根にからみついてくる濡れた肉ひだを振り払うように抜き差ししては、いちばん深いところをずんずんと突きあげる。

「あっ、あかんっ……あかんってっ……イッ、イクッ……イクウウーッ！　はぁあああああーっ！」

ビクンッ、ビクンッ、と貴和子の腰が跳ねあがった。尻も太腿も両脚も、喜悦の衝撃に激しく震え、肉穴がひときわ痛烈に男根を食い締めてくる。

「こっ、こっちもっ……こっちも出すぞっ！」

本郷がそう叫ぶと、

「だっ、出してっ……出しとぉくれやすっ……ぎょうさん出してえええーっ！」

貴和子も哀切な声で返してくれる。

「おおおおっ……うおおおーっ！」

雄叫《おたけ》びをあげて、最後の一打を突きあげると、その勢いを利用して、スポンと男根を引き抜いた。

コンドームを装着していないので、中で出すわけにはいかなかった。ヌルヌルになった男根を、自分で握りしめた。オルガスムスの余韻にわないている丸尻にかけようとした。

しかし、着物にまで飛び散ってしまってはまずいと思い直し、自分の左手に受けようとしていると、貴和子がこちらを向いてしゃがみこんだ。上品な唇を浅ましいほど大胆にひろげて、女の蜜に濡れまみれた男根をぱっくりと咥えこんだ。

「ぬっ、ぬおおおおおーっ！」

したたかに吸われた瞬間、爆発が起きた。

「おおおおっ……おおおおっ……」

ドクンッ、ドクンッ、と男の性を吐きだしながら、本郷は身をよじった。貴和子が鈴口を吸ってくるから、いつもより峻烈な快感が、男根の芯を走り抜けていく。それも、いつもより短いインターバルだから、身をよじらずにはいられない。

「おおおっ……吸ってくれっ……もっと吸ってくれええええっ……」

腰を反らし、叫んだ。あまりの快感に、両膝の震えがとまらない。いつもより短いインターバルで出しているのに、いつもより長々と射精が続く。

「……おおうっ！」

すべてを出し尽くすと、貴和子は口唇から男根を抜いた。口許《くちもと》を手で隠したので、口の中に溜まったものを手のひらに吐きだすと思ったが、そうはしなかった。

貴和子は上目遣いで本郷を見上げながら、コクンと喉を動かして嚥下《えんげ》した。そして、呆けたような眼つきで恥ずかしそうに笑った。

「うち、こないに乱れたの初めてどす……恥ずかしおす……忘れとくれやっしゃ」

「僕もこんなに夢中になったのは久しぶりですよ」

本郷も笑い返した。

彼女は人妻だった。立場上、なかったことにしたい気持ちはよくわかるが、忘れるわけにはいかなかった。いままで抱いた女の中でも、貴和子は三本の指に入る美人である。そういう女を乱れさせたひとときを、男は決して忘れない。

第三章　美妻へ快楽マッサージ

1

すべりだしは順調だった。

和菓子屋の女将・貴和子をまんまと抱くことに成功した本郷は、その勢いに乗じ、次のターゲットに狙いを移した。

貴和子はいい女だった。見栄っ張りでプライドの高い京女だが、欲求不満というウイークポイントを突いてやると、ドスケベな本性を露わにした。体の相性もよかったし、乱れる彼女は美しくも淫らで、可愛いところまであった。体を重ねる回数が増えれば、もっと可愛い表情を見ることができるはずだ。男にとっては、好きにならずにいられない女だろう。

「本郷はん、どうせすぐに東京に帰ってまうんやろう？」

別れ際、貴和子が言っていた。

「なんかそないな感じがする。風のようにやってきて、風のように去っていく。そやけど、帰る前にまた会えたら……嬉しいな」

しっかりと、眼つきで秋波を送ってきた。色白な細面に「おかわりＯＫ」と書いてあるようだった。

とはいえ、相手は人妻。のめりこんでもロクなことにはならないだろう。本郷は最初から決めていた。〈美熟女コンクール〉の参加者と寝るのは、どんなにいい女でも一回限り。だから、貴和子がいい女であればあるほど、ちょっと強引にでも次のターゲットに狙いを移さなければならない。たとえ「おかわりＯＫ」でも、引っかかってしまってはまずいのである。

本郷はただ、人妻とセックスがしたいだけで、婚外恋愛をしたいわけではない。略奪愛などもってのほかだと思っているから、節度を守る必要がある。安心・安全な女遊びに必要なのは、ストイックな理性なのである。

次のターゲットは栗原智果、三十三歳に決めた。

貴和子に続き、優勝候補の三人の一角を占める美女である。本郷は、食事でも好物から食べていく主義だった。時折、鮨《すし》を食べる順番にうるさい輩《やから》を見かけるが、あんなものは食べたいものから食べればいいのだ。大好きなネタに辿りつく前に、地球が消滅したらどうするのか？

智果のプロフィールはいささか変わっている。三つ年上の夫と結婚して七年目、息子が五歳。ここまでは普通なのだが、夫の職業が漁師らしいのだ。海辺のこの町には漁港があり、内海で小魚を捕ったり、太平洋まで出ていってマグロの群れを追いかけたり、各種漁船が揃っているらしい。

都会からやってきた本郷には、未知の職業だった。四十年間生きてきて、漁師となんて会ったことがない。それもマグロ船の船長らしい。一瞬、タンカーのような巨大な船を想像してしまったが、船員が五、六人の規模という。それにしたって三十代で自分の船を持っているのだから、たいしたものなのだろう。

一方、妻の智果のほうは、理解の範疇にいる女だった。町のはずれで、オーガニッククカフェを経営している。古民家を改装し、農薬を使っていない食材で料理を提供していた。こちらは、世田谷あたりでよく見かける、意識高い系のマダムみたいなものだろう。

〈美熟女コンクール〉の優勝候補だから、もちろん美人だった。

同じ美人でも、貴和子とはまったくタイプが違う。貴和子が清楚な百合《ゆり》の花だとすれば、智果は太陽に向かって咲き誇るひまわりだろうか。細面の貴和子に対し、智果は丸い小顔だし、髪型はショートカット。

オーガニックカフェの経営者にありがちなことだが、化粧っ気もなければ、洒落っ気もない。そのうえ、家庭菜園でもやっているのか、小麦色に日焼けしている。すらりとした全身から、日向《ひなた》の匂いが漂ってきそうだ。

とはいえ、アースカラーのTシャツやズボン、日焼けした肌にもかかわらず、ひと目で美人とわかるのだから、本物の美女なのだ。化粧や装《よそお》いでドレスアップすれば、きっとすさまじいインパクトに違いない。

「コンクールですか？　うーん、困っちゃいますね……」

智果は最初、あまり乗り気ではないようだった。

「夫がそういうのとっても嫌いで、女は家を守ってろっていう人なんですよ。お店をやるのも、説得に一年くらいかかりましたし」

「なるほど、ご主人の気持ちはよーくわかります」

本郷は深くうなずいた。自分は家を空けがちで、妻がかなりの美人となれば、悪い虫がつかないように注意を払うのは、夫として当然である。

「でも、奥さんは人前に出るのが嫌いじゃないでしょう？」

本郷が訊ねると、智果は少し恥ずかしそうに笑った。

「わたし、神戸の短大に行ってたんですけど、そこのミスコンみたいのに出たことがあります」

「優勝したんでしょう？」

「まあ、小さい女子短大ですから……有名なところでもないし……」

智果はやはり恥ずかしそうにうなずいた。しかし、自信があるのは隠しきれない。神戸のミスコンで優勝した自分が、こんな田舎町の〈美熟女コンクール〉で負けるわけがない、と言わんばかりだ。

「ちなみに、ご主人はいま……」

「あっ、海の上です。先月出航してからずっと……」

「となると、帰ってくるのは？」

「早くても二カ月先だと思います」

ご主人には大変申し訳ないけれど、あなたの美しい妻はいま、悪い虫にロックオンされたようです。

「じゃあ、ご主人に内緒で出場しちゃえばいいじゃないですか？」

「えっ……」

智果は切れ長の眼を丸くした。

「無理ですよ、そんな……こんな小さい町で……」

「内緒というか、事後報告ですね。ご主人が帰ってきたときにはもう、コンクールは終わってるわけですから、どうしようもないわけで」

「……怒られますよ」

智果は悲しげに苦笑した。

「そうですかね？」

本郷は意味ありげに眼を輝かせると、隣に座っている天才カメラマンに合図を出した。カタヤマがすかさず、一眼レフを頭の上に掲げてくるくるまわす。「えっ？」と智果がそれを見た瞬間、シャッターを切った。

「これ……本当にわたしですか？」

その場でカタヤマの写した画像を智果に見せると、彼女は啞然としていた。本人が驚くくらい美しく撮影し、本人さえも知らない魅力を引きだすから、プロのカメラマンなのである。スマホで撮影してアプリで修正を加えた画像とはわけが違う。

「コンクール当日にはプロのメイクアップアーティストも入りますし、素晴らしい写真が残るでしょう。愛する妻が美しく輝いている姿を見て、本気で怒る男なんていませんって。ご主人はたぶん、あなたを見直しますよ。見直すというか……ふふっ、惚《ほ》れ直すんじゃないですかね？」

智果の眼が泳ぎだしたのを、本郷は見逃さなかった。

「そっ、そこまでおっしゃるのなら……町の活性化のために、ご協力させていただこうかしら……」

　風向きが変わった。

「そのかわり、夫が怒りだしたら、一緒に謝ってくださいね」

「ええ、ええ。もちろんです。こう見えて履歴書の特技欄には、謝罪・お詫び・土下座って書いてるくらいですから」

「まあ、ひどい冗談」

　智果が笑ったので、本郷は満面の笑みでうなずいた。怒り狂っている漁師をなだめる自信などまったくなかったが、まあ、命まではとられまい。

　夫が何カ月も家を空けているなら、普通の夫婦よりはセックスレスになりづらいはずだった。昔の流行歌に、会えない時間が愛を育てるというのがあったが、性欲もまた同じようなものだからである。

　しかし、そうは言っても、智果も結婚七年目。夫婦関係にほころびが見えてきてもおかしくない。人間は飽きっぽく、刺激を欲しがる生き物だ。いまの生活にどれだけ満足しているように見えても、一〇〇パーセント満足している人間などいない。

　その証拠に……。

　本郷は、智果の夫が浮気をしているという情報をつかんでいた。確固とした証拠はないし、濡れ衣の可能性もなくはないが、夜な夜な町の酒場で情報収集しているうちに、漁師の生態についていろいろと学ぶことができたのだ。

四国から出航したマグロ船は、九州の宮崎や鹿児島、あるいは沖縄の港に寄港して、魚を水揚げしているらしい。寄港中は船乗りにとって束の間の休息——港町の歓楽街に繰りだし、有り金を叩《はた》いて遊びまくるという。陸の人間とは遊び方の激しさがまったく違うらしい。

考えてみれば当たり前だ。船員五、六人の漁船なんて、大海原では木の葉のようなものだろう。自然を相手に、生きるか死ぬかの闘いを日々繰りひろげているのである。そんな彼らが陸にあがり、身の安全が確保されれば、酒と女にむしゃぶりつくに決まっている。すべてを忘れて、いまだけを生きるのだ。それはもはや、狩猟民の本能と言ってもいいかもしれない。

智果の夫は我慢しているのだろうか？

遠く離れている美人妻に操《みさお》を立て、目の前にいる色っぽいホステスやキャバ嬢の誘惑を拒みきれるのか？

一年や二年は我慢できるかもしれない。しかし、七年も経てば……智果だって薄々勘づいているのではないだろうか？　勘づいていても、なにも言えない。少なくても智果は、命を懸けて家族のために働いている人間に、浮気をするなと言えるようなタイプには見えない。

浮気なんだから、遊びなんだから、と日々自分に言い聞かせているのではないだろうか？　しかし、人間は理性だけで生きているわけではない。感情がある。夫のことを愛しているかと問われれば、愛していると答えるだろうし、感謝もしていれば尊敬もしているだろう。

だが、胸の奥底にくすぶっているなにかがある。満たされない思いが三十三歳の熟れた体に澱《おり》のように溜まっていき、今夜も淋しく疼いている……。

2

その日、本郷は社用車のハイエースに乗って、智果が経営しているオーガニックカフェに向かった。

時刻は午後五時少し前。閉店間際を狙いすまして訪れた。

町のはずれ、県道がまっすぐ伸びているロードサイドに、彼女の店はあった。まわりには本当になにもない。雑草の茂った空き地ばかりで、さながら荒野の中の一軒家といった趣きである。

本郷は駐車場にクルマを停め、店に入っていった。カランコロンとドアベルが鳴り、空いているテーブルでファッション雑誌を読んでいた智果が立ちあがる。

「あっ、本郷さん。いらっしゃいませ」

「いやいや、どうもどうも」

お互いに苦笑してしまったのは、他に客が誰もいなかったからだ。

「近くまできたもんで、カレーを食べていこうと思いましてね。おいしかったですよ、ここのカレー」

「いま用意します。お飲み物はどうしましょう？」

「ホットコーヒーを食後に」

智果が厨房に入っていくと、ガランとしたホールに、本郷はひとり取り残された。テーブル席が六つあるが、何度来ても客がひとりもいなかった。繁盛している様子はまったくない。

そのあたりからも、智果のプライヴェートが透けて見えた。儲かりもしない趣味性の高い店を妻にやらせる――夫の罪悪感を勘繰ってしまう。自分は土地土地の港で酒と女に溺れているのに、手持ち無沙汰の妻が可哀相だと……。

智果には五歳になる息子がいるが、夫の実家に身を寄せているので、義理の両親が孫に夢中らしいのだ。面倒を見てくれるのはいいとしても、猫っ可愛がりに可愛がっているので、智果の出る幕がなくなってしまっているらしい。

もちろん、ワンオペ育児を余儀なくされているシングルマザーとかから見れば贅沢な悩みかもしれない。それでも、智果の心にぽっかり穴が空いているのは容易に想像することができる。

「おまたせしました」

カレーが運ばれてきた。真っ黒だった。漁師の嫁がつくるイカ墨シーフードカレーである。

「いやあ、これは本当においしいなあ。磯《いそ》の香りがたまりません……お世辞じゃなくて、東京でも通用するんじゃないですかね」

「自分が好きなものを出しているだけなんですよ」

智果は照れくさそうに笑った。

「わたし、こう見えて、食べるのが大好きなんです。夫がいつもびっくりしますもん。焼肉でもお鮨でも何人前も食べるから」

「健康ってことですよ。なによりじゃないですか」

カレーがおいしいのは嘘ではなかった。しかし、いかんせん単価が高い。海鮮だけではなく、野菜などの食材にもこだわっているのだろうが、ひと皿・千八百円。このご時世にしてこの田舎町では、ちょっと厳しすぎる料金設定だろう。

だが、本郷は内心でほくそ笑んでいた。

食欲旺盛で舌の肥えている女は、セックスも好きな場合が多いからだ。恋愛初期、男が女に食事をご馳走したがるのは、それを確かめるためなのである。女と食べると飯がうまくなるからではない。

おまけに智果は、健やかな自然志向。化粧っ気のないその手のタイプも、見た目とは裏腹に性欲が強い女が多い気がする。本能で生きているからである。逆に化粧や装い、あるいは整形などで見た目を磨きたがる女は、根本的にセックスを楽しもうと思っていない。彼女たちにとって、セックスは武器なのである。男を釣りあげるための餌と言ってもいい。

（脈はあるぞ……これは絶対にワンチャンある……）

本郷は、ツモればツモるほど充実していく手牌を眺めている気分だった。パッと見で言えば、智果は身持ちの堅い高嶺《たかね》の花だろう。しかし、本郷には見えている。彼女が隠そうとしても隠しきれない、心の隙がよくわかる。

「もしよかったら……」

食後のコーヒーを飲みながら、智果に声をかけた。

「お店を閉めたあと、少し話をできませんか？　クルマで来てるんで、ご自宅までお送りしますよ」

「えっ？　でも……」

健やかな自然志向の彼女が、自宅から店まで自転車でやってきていることを、本郷は知っていた。

「自転車なら心配いりません。業務用のハイエースで来てるんです。後ろに載せていけますから」

智果はしばらくの間、視線を揺らして逡巡していたが、

「じゃあ、お言葉に甘えようかしら。なんだか今日は疲れてしまって、ちょうど自転車を漕《こ》ぎたくなかったんです」

舌先をペロッと出して、悪戯っぽく笑った。

若いころはさぞかしおモテになったんでしょうね？　と本郷は胸底でつぶやいた。学校中の男子生徒から告白されたと言われても驚かない。彼女はただ美人なだけではなく、人懐っこい愛嬌がある。


智果の店から町まではクルマで約十五分の距離だ。

ロードサイドには本当になにもない。チェーンのラーメン屋や回転鮨屋の看板が、時折思いだしたように現れるだけで、駅前に出るまで延々と道が続くだけである。ついでに言えば走っているクルマの数も、びっくりするほど少なかったが、それも悪いことばかりではなかった。クルマを停めれば、そこに密室ができあがる。

「実はですね、奥さん……」

本郷はクルマを運転しながら話を切りだした。いきなり停めてしまっては、警戒されると思ったからだ。

「今度のコンクール、下馬評では奥さんが優勝候補のひとりなんですよ」

「そうなんですか……」

智果は横顔でふっと笑った。当然でしょう、と言わんばかりだ。

「ただ、当日優勝するには、もうひとつなにかが足りないと思うんです」

「……とおっしゃいますと？」

ピクッと片眉があがった。運転中なので、彼女の顔をまじまじと見られなかった。見ていれば、怒気が伝わってきたかもしれない。

「ご自身では、なにが足りないと思います？」

智果は曖昧に首をかしげた。

「今度のコンクール、参加者の十人のうち九人は人妻なんですよ。〈美熟女コンクール〉じゃなくて、〈人妻コンクール〉と言ってもいいくらい……それでですね、女子大生に女子大生らしい魅力があるように、人妻には人妻ならではの魅力というのがある、と僕なんかは思うわけですが……」

「もっとはっきり言ってください」

智果がクスクスと笑った。笑いながらも、腹の底で苛立《いらだ》っているのがはっきりと伝わってきた。

「わたしあんまり賢くないんで、そういうもってまわったような言い方されると、わけがわからなくなっちゃいます」

「それじゃあ、はっきり申し上げますが……」

本郷は満を持してクルマを停めた。道路から空き地にクルマを入れ、エンジンを切ると、密室がにわかに静寂に包まれた。

「奥さんには色気が足りない」

「えっ……」

「いやいや、奥さんは綺麗ですよ。すごく美しい方だと思いますけど、人妻ならではの魅力となると……夫と愛しあっている幸福感、充実感、それが醸《かも》しだすなんとも言えない色気こそが人妻の最大の魅力だと、僕は思うんです」

「色気……ありませんか？」

「残念ながら……」

智果はショックを受けているようだった。彼女自身にも、思いあたるところがあるのだろう。他の人妻と違い、自分の夫は年中家を空けているという……。

「わたし……」

上目遣いで見つめてきた。

「内緒でコンクールに出て、優勝もできなかったら……夫に顔向けできなくなっちゃいます」

あまりの自信家ぶりにちょっと引きそうになったが、智果の気持ちもわからないではなかった。彼女は優勝したいというより、夫を見返したいのだ。自分の魅力を、夫に再確認してもらいたいのである。

「そうですよね。僕も奥さんを応援したい。僕個人としては、奥さんがイチオシですから」

「本当に？」

「もちろんです」

本郷の手牌は、いよいよもって役満をテンパイしようとしていた。

智果はいつものように、アースカラーの服を着ている。モスグリーンのロングTシャツに、淡いベージュのズボン。華やかさの欠片《かけら》もないが、そのかわりに体のラインはしっかり出ている。ふたつの胸のふくらみは丸々と迫りだしているし、腰はくびれて、ヒップもボリュームたっぷり……。

言葉のあやで「色気がない」などと言ってしまったが、こうして見ると充分にセクシーだった。この体はきっと、ナチュラルな色香の宝庫に違いない。

3

「どうすればいいと思います？」

智果が訊ねてきた。思いつめたように眉根を寄せ、大きな黒い瞳を潤ませて。

「本郷さん、どうすればいいかわかってるから、わたしに今日、会いに来てくれたんですよね？」

「賢いじゃないですか」

本郷は笑った。

「奥さんほど賢い人もなかなかいない」

「教えてください」

「いいでしょう」

本郷は自信たっぷりにうなずいた。

「奥さんに色気が足りないのは、ご主人が家を空けていることが多いからだ。仕事だからしかたがありませんけど、そうなるとやっぱり、年がら年中夫と愛しあっている人妻より、色気では劣ってしまう……」

「……やっぱり……そうですよね」

智果は納得したような顔をした。自分でもわかっているのだ。

「とはいえ、女性ホルモンを活性化するために、海の上にいるご主人に会いにいくわけにもいかない。そこで……こんなものを使ってみたらどうでしょうか？」

本郷はシートベルトをはずすと、後部座席からバッグを取った。バッグの中からあるものを取りだして、智果に見せた。

電マである。箱に入った新品だが、あらかじめ電池は入れておいた。スイッチを入れれば、即使用することができるように……。

「なっ、なんですか、それは？」

智果は眼を丸くして驚いている。彼女はどうやら、その手のものを使ったことがないらしい。それも本郷の読み通りだった。

自然志向の智果のようなタイプは、性欲は強そうだが、それはあくまで健康的なものであり、おおらかにセックスを楽しんでいるのだ。獣のように快楽をむさぼることはあっても、変態性欲には興味がない。

そうであるなら逆に、使ってみると面白いかもしれないと思った。三十三歳まで電マの快感を知らないで生きてきた人妻なら、想像もしていなかった化学反応を起こしたりするのではないだろうか？

「これはいわゆるラブグッズ……昔ふうに言えば、大人のオモチャですね」

「それを使って自分で自分を慰めろっていうんですか……」

智果は不快感を隠さずに言った。

「指を使ってオナニーすることはあるんでしょう？」

「そっ、それは……わたしだってもう三十三だし、子供だっているし、カマトトぶりたくはないですけど……」

「したことはあるんでしょう？　オナニー」

「ありますよ！　ありますけど……」

「これ、すごい気持ちいいみたいですよ。指なんかより……」

本郷が電マを箱から取りだすと、

「無理！　無理です！」

智果はおぞましげに身震いしながら首を横に振った。

「そんなこと言わないで、ものは試しじゃないですか。セックスっていうのは、壁を乗り越えていくことだと僕は思うんです。初体験のベッドイン、怖かったでしょう？初めてのクンニ、泣きたくなるほど恥ずかしくなかったですか？　でも、慣れればあんなに気持ちのいいものはない……」

本郷は電マのスイッチを入れた。携帯用なのでサイズは大きくない。それでも、ブーン、ブーン、という低い振動音が、密室と化した車内に響く。智果はまだシートベルトをしたままなので、逃げられない。

「これ、もともとは正真正銘のマッサージ器とした開発されたものなんです。こうやって、肩凝りなんかを治すための……」

振動するヘッドを肩にあてててやると、智果は「きゃっ」と声をあげた。酸っぱいものでも口に含んだ顔をしていたが、肩にあてつづけていると、次第に表情がほぐれてきた。

「どうです？　気持ちよくないですか？」

「そっ、それは……わたし肩凝りもちだし……肩をマッサージされるのは気持ちいいですけど……」

「想像してみてくださいよ。これを股間にあてたときのことを」

「そっ、そんなこと想像したくありません」

智果は頑なだった。しかし、女にとってセックスが、自分の中にある壁を乗り越えていくものなら、男にとってのセックスは、女の中にある壁を乗り越えていくことに他ならない。

本郷は焦らなかった。肩から二の腕、時に首筋などにも、振動する電マのヘッドをあててやる。彼女の中で、なにかが溶けだしていくのがわかる。おぞましいとしか思えなかった大人のオモチャも、気持よくしてもらえるなら手のひらを返すのが、女という生き物である。

本郷はタイミングを計り、電マのヘッドを智果の太腿にあてた。智果はすかさず両腿をぎゅっと閉じたが、徐々に呼吸がはずみだした。

「心配しなくても大丈夫ですよ……」

耳元でささやくと、智果はぶるっと身震いした。その震え方はもはや、おぞましさだけに由来するものには見えなかった。

「僕は奥さんの味方ですから……奥さんに優勝してもらいたいだけですから……優勝して、ご主人に惚れ直してもらいましょう」

「そっ、そんなこと言われても……」

智果がいやいやと身をよじる。その動きが伝えてくるのも、嫌悪や拒絶ばかりではなくなっている。

「股間にあててもいいですよね？」

「いいわけないじゃないですかっ！」

「服の上からちょっとだけですよ」

本郷が操《あやつ》る電マのヘッドが、太腿から股間へと近づいていく。シートベルトをしているとはいえ、智果の両手は自由だった。しかし、股間をガードしたりしなかった。拒んではいない。しっかりと閉じている両脚の付け根に、本郷は振動するヘッドを押しつけた。

「うっくっ……」

智果の美しい顔が歪む。両脚を閉じている状態なので、性感帯をとらえた手応えはなかった。それでも、振動は波及していく。下半身を震わせ、やがて振動が肝心な部分にまで……。

「ううう……くぅううっ……」

智果はしきりに尻をもじもじさせている。中途半端にあてられた電マの刺激が、むしろもどかしいのだ。もっと感じるところを刺激してほしくても、自分から求めることはできない。

かわりに見つめてくる。いまにも泣きだしそうな顔で、すがるように……。

「べつになんてことないでしょう？」

本郷は楽しげに笑いかけた。

「大人のオモチャなんて言われると、いかにも変態が使っているような感じがしますけど、実際には普通の人がみんな使ってるんです。モデルや女優なんかもね。効率的に気持よくなれれば、健康にもいいからです。人前に出る仕事の人は、明日が撮影だってなると、じゃあちょっと女性ホルモンを活性化させとくかって、電マと一緒にベッドインですよ。二、三回イッておくと、翌日のお肌のコンディションが全然違いますから……」

本郷は、智果のシートベルトをはずした。そして両脚をひろげていく。大胆にひろげる必要はない。電マのヘッドが入りこむスペースさえつくれば、それで役満ツモである。

「あああーっ！　あっ、ああああっ……」

振動するヘッドが性感帯にヒットした瞬間、智果はビクンッとして本郷にしがみついてきた。色っぽい展開を求めているというより、驚いていた。崖から落ちそうになったので誰でもいいからしがみついた、という感じだった。

しかし、電マの刺激を嫌がってはいなかった。その証拠に、両脚がどんどん開いていく。ビクッとして一瞬閉じることはあっても、またすぐに開く。電マの刺激に夢中になりつつある。

「ああっ、いやっ……あああっ、いやあああっ……」

しがみつかれているので、智果の顔は本郷の顔のすぐ近くにあった。吐息の匂いさえわかる距離だ。

本郷が唇を重ねると、智果はすぐに舌を差しだしてきた。彼女は生まれて初めて経験する電マの刺激に翻弄《ほんろう》されていた。キスをすることで、少しでも気をそらしたかったのだろう。

一方の本郷は余裕綽々《しゃくしゃく》だった。右手で電マを操りながら、左手では服越しに乳房を揉みはじめた。ブラジャーの向こうに、柔らかな肉の隆起を感じた。生身を拝みたかったが、ぐっとこらえて服越しの愛撫をつづける。

ハイエースは夜闇の中に沈みこみ、行き交うクルマの数も少ないが、誰かに見られたら眼もあてられないことになる。服さえ着せておけば、まだなんとか言い訳のしようがある。

それに……。

そろそろこの場所から走り去るタイミングが訪れそうだった。

「ああっ、ダメッ……ダメですっ……」

智果の体がぶるぶると震えだした。

「イッ、イッちゃうっ……イッちゃいそうっ……あああっ……はぁあああっ……イッ、イクッ！　イクウウウウーッ！」

電マの威力の前に屈した智果は、絶頂に達した。

それほど激しいイキ方ではなかったので、このままあと二、三回イカせることができそうだったが、あわてる必要はなかった。人妻の体に火をつけてしまった以上、この夜はまだまだ終わらない。

本郷は電マのスイッチを切り、クルマを発車させた。

4

本郷は自宅のバスルームで熱いシャワーを浴びて汗を流した。

セックスの前に長くバスルームにこもっているほど不粋なものはない。さっと浴びると、バスローブを羽織って部屋に戻った。

リビングでは、智果が所在なさげにうろうろしていた。落ち着かないらしい。そのうえ、顔がやけに赤い。湯上がりのせいではなく、恥ずかしいのだろう。先にシャワーを浴びた彼女は、バスタオルを体に巻いただけの格好だった。

「あっ、あのう……」

自分にもバスローブを貸してほしいと言いたいようだったが、どうせすぐ裸になる。

本郷は応じる素振りを見せず、

「あっちの部屋に行きましょう」

ベッドルームに彼女をうながした。もちろん、セックス専用のほうである。

広々としたキングサイズのベッドに、ダークオレンジの間接照明。複数のスタンドライトを組みあわせ、一流ホテルにも負けないムーディな雰囲気に演出してある。

智果はまだ落ち着かないようだった。

バスタオル一枚の格好も恥ずかしいのだろうが、不安げに眉根を寄せた表情から後ろめたさが伝わってくる。

人妻という立場を考えれば、浮気に対する罪悪感があるのは当然だった。しかし、クルマの中で一回イカされているので、ベッドインを拒みきれない。クルマをおりる前に手を握って「いいですよね？」とささやくと、智果はコクッと生唾を呑みこんでから、遠慮がちにうなずいた。

なにより、彼女の体にはもう火がついている。久しぶりに、思う存分セックスを楽しみたいと思っている。コンクールに優勝するため、女性ホルモンを活性化させたほうがいいという言い訳も用意されていることだし……。

「素敵ですよ……」

胸のところでとめているバスタオルをはずし、床に落とした。

「いやっ……」

智果は両手で胸と股間を隠したが、隠しきれないものがあった。

日焼け跡である。

「ずっ、ずいぶんくっきり残ってますね……」

本郷は驚愕に眼を見開きながら言った。季節はまだ梅雨入り前だ。屋外プールで泳ぐには、いささか早すぎると思うが……。

「先月、家族で石垣島に行ったんです」

智果は羞《は》じらいにもじもじしながら答えた。

「泳ぐのが大好きなんですよ。息子と一緒に水泳教室にも通ってますし」

なるほど、小麦色の肌の原因は家庭菜園などではなく、水泳だったらしい。石垣島なら春から泳げるし、シュノーケリングなどのマリンスポーツも楽しめる。そもそも彼女の夫は漁師なのだ。泳ぎが下手なわけがなく、ふたりが交際に至ったきっかけも、そのあたりにあるのかもしれない。

(それにしてもエロいな……)

本郷は異様に興奮している自分に気づいた。日焼け跡の残った生身のヌードを拝むのは、考えてみれば初めてだった。

胸や股間だけではなく、お腹のあたりも素肌が白い。つまり、彼女はビキニ派ではなく、最近では珍しいワンピースタイプの水着を愛用しているということだ。

しかも元の素肌がとても白いから、日焼け跡がやけにくっきりしている。智果の場合、黒ギャルのように日焼けしているわけではない。あくまで健康的な小麦色なのだが、日焼けしていない部分がとても白いのでコントラストがまぶしすぎる。

「そっ、そんなにじろじろ見ないでください……」

智果が身を寄せてきて、そっと抱きついてくる。どうやら、一刻も早く理性を失いたいようだった。気持ちはよくわかる。快楽の彼方《かなた》へと飛翔していけば、恥ずかしさも後ろめたさもどこかへ消え去る。

そんな女心に応えられないほど、本郷は野暮な男ではなかった。腰を抱き、顔を近づけ、唇を重ねた。

「うんんっ……」

クルマの中で一度しているせいか、すぐに濃厚なディープキスになった。お互いに口を大きく開き、舌を差しだしてからめあう。視線をぶつけあいながら、唾液に糸を引かせる。

本郷は夢中で舌を動かした。ムーディな間接照明のせいか、あるいは欲情しきっているのか、智果の顔がやけに色っぽく見えた。いったいどこまで色っぽくなるのか、胸の高鳴りを抑えきれない。

「ああぁっ……」

生身の乳房をやわやわと揉みしだくと、智果は小さく声をもらした。それほどサイズは大きくないが、形のいい美乳である。しかも、感度が抜群。あずき色の乳首をくすぐってやると、ビクッとした。恥ずかしそうにもじもじしていても、左右の乳首はすぐに物欲しげに尖りきった。

（いささか残念だが……）

智果の美しい顔が淫らに蕩《とろ》けていくのをもう少し拝んでいたい気もしたが、本郷は智果をベッドにうながした。ベッドの端で四つん這いにして、後ろからクンニをする体勢を整える。

「こっ、こんな格好で?」

智果は振り返って泣きそうな顔を向けてきた。お尻の穴を見られるのが恥ずかしいのだろうか?

「大丈夫ですよ、この部屋は暗いですから……」

本郷は甘い声でささやいた。アヌスを見たり、舐めたりしたいわけではなかった。彼女は人並みはずれて羞恥心が強そうだ。そういう相手の場合、バッククンニが効果を発揮する。恥ずかしがり屋の女は、男によがっている表情を見られていないほうが、愛撫に集中できるのだ。

しかも……。

彼女の体には、日焼け跡がくっきり残っている。こちらに突きだされた尻はむっちりと豊満で、熟れごろの香気を振りまいていた。乳房よりもヒップのほうがセクシーな女なのだ。そこに残った白い日焼け跡——眺めているだけで、口の中に大量の生唾があふれてくる。

白い日焼け跡を、右手の人差し指でなぞった。尻と太腿の間である。

いい尻だった。

ボディメイクの専門家によれば、美しい女のヒップとは、尻と太腿の境界線がしっかりあることらしい。

智果にはある。尻が豊満にもかかわらず、太腿と一体化していない。本郷は両手で尻丘をつかみ、揉みしだいた。丸々としているうえに、ゴム鞠《まり》みたいな弾力がある。

「んんんっ……」

智果は四つん這いの体をくねらせはじめた。本郷は、左右の尻丘を揉みしだきながら、桃割れを開いたり閉じたりしている。尻の穴、あるいは桃割れの奥にまで、智果は視線を感じているに違いない。

とはいえ、間接照明に凝りすぎたせいで、この部屋では四つん這いになっている女の花を、後ろからつぶさにうかがうことはできない。シルエットはわかる。花びらがずいぶんと大ぶりのようだ。その奥には草むら。ナチュラル志向の彼女は、ＶＩＯの無駄毛処理なんてしていないだろう。きっと綺麗な顔に似合わないくらい、獣じみた草むらをしているに違いない。

女の匂いが漂ってきた。

まだ尻を揉んでいるだけなのに、ずいぶんと濃厚な匂いだ。溜めこんだ欲求不満のせいだろうと思うと、本郷の鼻息ははずみだした。

人妻に浮気の罪悪感があるように、本郷にだって人妻を寝取っている罪悪感がないわけではない。だが、欲情しきっている姿を拝まされると、そんなものは消し飛んでしまう。むしろ、ダンナには感謝してほしいとさえ思う。欲求不満のガス抜きをしてやっているのだから……。

「あううう っ……」

智果が声をあげた。本郷の右手が桃割れの奥に忍びこんでいったからだ。手のひらを上に向け、女の割れ目に中指をぴったりとあてがった。

すごい濡れ具合だった。まだ花びらが閉じている状態なのに、発情の蜜が指にねっとりとからみついてくる。

味わいたくなり、本郷は顔を近づけていった。舌を伸ばし、くにゃくにゃした花びらを舐めてやる。さらに、右手の中指でクリトリスを刺激する。包皮を被せたまま、つんつん、つんつん、とリズムを送りこんでやる。

「ああっ……くぅううっ……くぅううっ！」

智果が激しく身をよじりはじめた。この反応の早さは、電マの余韻がまだ残っているのかもしれない。もちろん、この部屋にも電マはある。智果用に買い求めた新品のものを、クルマの中から持ってきた。

だが、いつまでもそんなものに頼っている気にはなれなかった。これほどの上玉を抱くのに武器はいらない。ステゴロで勝負である。

あふれる蜜を、啜《すす》りたてた。じゅるっ、じゅるるっ、とことさらに音をたてて、淫らがましく啜りあげる。

「ああっ、いやっ……いやですっ……」

智果が身をよじって羞じらう。羞じらいながら感じている。啜っても啜っても、蜜はあとからあとからこんこんとあふれてきて、内腿に垂れていく。小麦色に日焼けした内腿の肌に、キラキラ光る粘液の筋が何本もできる。

「いっ、いやあああっ……」

智果がクンニから逃れるようにうつ伏せに倒れた。感じすぎてしまって恥ずかしいらしい。

本郷はバスローブを脱いでベッドにあがった。智果の顔が見たくてしようがなかった。あお向けにして、横から身を寄せていく。智果は顔をそむけたが、横顔だけでも生々しいピンク色に染まっているのがわかる。

（バックスタイルも見応えがあったが、前からも……）

白い日焼け跡は当然、体の前面にもある。ワンピース水着の形に、乳房やお腹、そして股間を白くしている。

本郷は異様に興奮してしまった。パリピの女子大生の日焼け跡を見ても、当たり前すぎて興奮なんてしなかっただろう。人妻の日焼け跡だから興奮するのだ。人妻のくせに日焼けしているギャップがそそるのだ。

予想に反し、陰毛はそれほど濃く茂っていなかった。考えてみれば、水着を着る都合がある。こんもりと盛りあがった恥丘の形状がわかるくらい、黒い草むらは美しい縦長に整えられていた。

(どうせなら、処理する前にナチュラルな姿を見たかったが……)

本郷は智果の右側にいた。そのポジションなら、左手で腕枕をしながら、右手が自由に使える。まずは腕枕をしている左手を、向こう側の乳房に伸ばした。乳首をつまみあげつつ、こちら側の乳首を口に含む。

「あううううーっ!」

智果の背中が弓なりに反り返る。乳首も大変敏感なようだ。

本郷は乳首と戯《たわむ》れるのが好きだった。それも、クンニのあとにするのが好きだ。乳首を吸ったり舐め転がしたり、甘噛みまでして刺激しつつ、蜜を垂らしている女の花を放置しておくのが好きなのだ。

「ううう……んんんっ……」

智果がしきりに身悶えているのは、左右の乳首を愛撫されているからだけではない。もどかしいのだ。その証拠に、太腿をこすりあわせている。蜜が内腿まで垂れていたから、きっとヌルヌルの状態だろう。

「脚、開いて」

耳元でささやくと、智果は恥ずかしげに唇を嚙みしめた。頰の紅潮が耳まで及んでいる。羞じらい深さを見せるが、それでもそっと両脚を開いていく。耳が赤くなるほど恥ずかしがっていても、欲情には抗いきれない。

本郷は内腿に手のひらを這わせた。予想通り、いや、予想以上にヌルヌルしていた。陰毛を指でつまんでは、こんもりと盛りあがった恥丘を撫でる。まだ直接触れていないのに、女の花が放つじっとりと湿っぽい熱気を指に感じる。

「あぁおおっ……あぁおおおおおーっ！」

クリトリスを指で転がしはじめると、智果は本気のあえぎ声をあげた。顔に似合わない低い声音が、ぞくぞくするほどエロティックだった。

5

クリトリスの包皮を剝いた。剝いては被せ、被せては剝き、リズムをつけて刺激を送りこむ。

手マンでは、クリトリスの形状を見ることができないのが残念だった。しかし、いまは智果の顔を見ていたい。低い声であえぎながら、すがるような眼を向けてくる彼女と見つめあっていたい。

可愛かった。どんなに整った顔をした美人でも、クリトリスをいじられているときは可愛い顔をする。それがたまらない。女がどう思っているのは知らないが、男は支配欲を満たされる。

「あぁおおおおおおーっ！」

肉穴に中指を入れてやると、智果は喉を突きだしてのけぞった。ぶるぶるっ、ぶるぶるっ、と太腿を震わせている。感じているようだが、長くは入れておかない。指を抜き、再びクリトリスを刺激しはじめる。ねちねち、ねちねち、しつこいくらいに撫で転がしていると、智果の呼吸が激しくはずんできた。

「きっ、気持ちいいです……」

鼻にかかった甘えるような声で、智果が言った。

「じょ、上手なんですね……わたし、もう……頭の中が真っ白……」

本郷は内心で笑みをこぼした。こちらの性技が特別うまいと思っているわけではないだろう。そうではなく、指より太いものを入れてほしいのだ。逞しい腰使いで突きあげられ、リアルに頭の中を真っ白にしたいのだ。

本郷は愛撫を中断すると、上体を起こした。智果の両脚の間に腰をすべりこませ、正常位の体勢を整えた。

相手がお高くとまった生意気な女なら、たっぷりおねだりさせて恥をかかせてやるのだが、智果のようなタイプにはやさしくしてしまうのが本郷という男だった。クルマの中の電マでは恥ずかしい思いをさせてしまったことだし、あとは蕩けるような甘い時間にいざなってやりたい。

本郷はブリーフを脱ぎ捨てると、勃起しきった男根を握りしめた。我慢汁を大量に噴きこぼしている亀頭を、濡れた花園にあてがっていく。性器と性器がヌルリとこすれただけで、智果の肩はビクッと震えた。

「いきますよ……」

本郷は上体を覆い被せ、息のかかる距離で智果を見つめた。智果も見つめ返してくる。視線と視線をからめあわせながら、本郷は腰を前に送りだしていった。ずぶっ、と亀頭が割れ目に埋まり、智果の顔がぎゅっと歪む。

肉穴は、奥の奥までよく濡れていた。本郷は慎重に男根を操り、ゆっくりと結合を深めていった。よく濡れているだけではなく、熱かった。淫らなまでの熱気を伝えつつ、濡れた肉ひだが男根にからみついてくる。

「んんんっ……んんんんーっ！」

根元まで挿入すると、智果は苦しげに眉根を寄せた。結合しただけで、密着感がすごかったからだ。本郷も感じていた。こちらのペニスが大きいというより、彼女の穴が狭いのだろう。

顔が熱くなっていくのを感じながら、智果とキスをした。いきなり腰を振りたてるような、乱暴なことはできなかった。じっくりと時間をかけて舌をしゃぶりあい、日焼けしていない白い乳房を揉んだ。乳首にも口づけを与え、やさしく吸ってやる。

「あああああっ……」

智果のほうが先に、我慢できなくなったようだった。身をよじりはじめ、腰を押しつけてきた。早く突いて、と言わんばかりに……。

本郷は動きだした。まずはゆっくりと抜いていき、入り直していく。密着感がすごいから、貫いているという実感が強い。自分はいま、たしかに女とひとつになっている。そう思うと、自然とピッチがあがっていった。気がつけば、ぬんちゃっ、ぬんちゃっ、と粘りつくような音をたてて、男根を抜き差ししていた。

「ああっ、いいっ……気持ちいいっ……」

智果が半開きの唇をわななかせる。

「もっ、もっとくださいっ……もっと激しくしてっ……ああっ、メチャクチャにっ……メチャクチャにしてくださいっ……」

本郷のやり方が物足りないようだった。漁師の夫は、海で鍛えた鋼の体で、荒々しく彼女を愛しているのだろうか？

しかし、セックスというものは、激しくすればいいというものではない。本郷は上体を起こすと、智果の両脚をあらためてM字に割りひろげた。日焼け跡の残ったヌードを視線で愛でながら、悠然としたピッチでピストン運動を送りこんでいく。

「あああああっ……」

大股開きに羞じらっている智果と視線を合わせながら、本郷は自分の右手の親指を口に咥えてしゃぶった。唾液をつけるためだった。結合部に右手を伸ばし、唾液のついた親指でクリトリスをはじきはじめる。

「はっ、はぁおおおおおおおおおおーっ！」

智果が眼を剝いて声をあげる。

「ダッ、ダメッ……それはダメですっ……ダメダメダメメッ……それはダメえええええーっ！」

本郷はニヤリと笑い、クリトリスを親指ではじきつづける。強く刺激する必要はない。軽快なリズムで執拗にはじきながら、ピストン運動を続ける。一打一打に力を込めたストロークを送りこみ、先端でGスポットを突きあげる。外側からと内側から、女の急所を挟み撃ちだ。

「イッ、イッちゃいますからっ……そんなことしたら、すぐイッちゃいますからあああーっ！」

智果は必死の形相でショートカットを振り乱す。白い乳房が絶え間なくバウンドし、宙に浮いた足指がぎゅっと丸まっていく。

「イッ、イクッ！　イクウウウウウウウーッ！」

喉を突きだし、背中を弓なりに反り返らせて、智果はオルガスムスへの階段を駆けあがっていった。ビクンッ、ビクンッ、と腰が跳ねている。下半身の痙攣もすごい。ぶるぶるっ、ぶるぶるっ、というおののきが、女体を貫いている男根を通じて生々しく伝わってくる。

「……あふっ！」

智果はイキきったようだった。しかし、本郷は腰を動かすのをやめなかった。智果の両手をつかみ、こちら側に引っぱった。左右の二の腕に挟まれ、寄せあげられた白い双乳が悩殺的だ。眼福を楽しみながら、連打を放った。ギアを一気に二、三段階アップした。

「はっ、はぁおおおおおおおおおおーっ！」

智果は真っ赤な顔に汗を浮かべて叫んだ。

「イッ、イッてますっ……もうイッてますっ……イッてますからあああーっ！」

絶頂に達した直後は性器が敏感になっているので、女は少し休みたがる。だが、本郷は聞く耳をもたなかった。両手を引っぱって結合感を深めたうえで、怒濤《どとう》の連打で突きあげた。

メチャクチャにしてほしいと言ってきたのは、彼女のほうなのだ。ならば手加減する必要はないだろう。

本郷は興奮しきっていた。女が快楽で翻弄される姿には、眼福を超えた魔力がある。もっと翻弄してやりたくなる。お望み通り、メチャクチャにしてやりたくなる。

「あおおおっ……あおおおおおっ……」

智果は眉間に深い縦皺《たてじわ》を刻み、まるで熱にうなされているようだった。

敏感になった性器に連打を送りこまれるのは、ひどく苦しいらしい。射精しているのに、しつこくしごきつづけられるようなものだ。しかし、女の性器は貪欲だ。苦しさの向こうには、天国が待っている。

「イッ、イッちゃうっ……またイッちゃうっ……あああーっ！　続けてイッちゃううううーっ！」

ビクンッ、ビクンッ、と腰を跳ねさせて、智果は再び果てた。紅潮した顔がやけにテラテラ光っているのは、汗のせいばかりではないようだった。涙を流していた。歓喜の涙である。さらには、閉じることができなくなった唇から涎《よだれ》まで垂らしながら、肉の悦びに溺れていく。

智果がイキきると、本郷は彼女に上体を覆い被せた。汗まみれで熱くなっている体をしっかりと抱きしめて、顔をのぞきこんでやる。智果もこちらを見る。視線と視線がぶつかりあう。

「メチャクチャにしてほしいんですよね？」

「……ゆっ、許して」

智果は怯えきった顔で声を震わせたが、本郷は再び怒濤の連打を送りこんだ。ずんずんっ、ずんずんっ、といちばん深いところを突きあげた。先端がコリコリしたものにあたっている。子宮である。

「あおおおっ……はぁおおおおっ……ダッ、ダメッ……壊れちゃうからっ……そんなにしたら壊れちゃううううーっ！」

智果はいまにも泣きだしそうな顔で本郷を見ていたが、やがてすべてを諦めきったように瞼《まぶた》を閉じた。下から本郷にしがみつき、両脚も腰にまわしてくる。とことん快楽をむさぼる覚悟が、ようやく決まったらしい。男根の先端が子宮にあたるたびに、ひぃひぃと声を絞ってよがりなく。

(たまらないな、まったく……)

本郷は獣の牝と化した人妻を強く抱きしめ、腰を使いつづけた。息があがりそうになっても、こちらが先に音をあげるわけにはいかない。もっとイカせてやりたい。頭の中を真っ白にして、肉の悦びに溺れてほしい。

「ああぁっ……ダメッ……ダメですっ……ダメなのにイッちゃうっ……またイッちゃうっ……イクイクイクイクッ……はぁおおおおおーっ！」

本郷の腕の中で、智果は三度目の絶頂に達した。

第四章　セックスモンスター

1

午前中から死ぬほど眠かった。

女好きでは人後に落ちない本郷でも、これだけ毎日毎日、女の尻を追いかけまわしていれば、疲労も蓄積してくる。

〈美熟女コンクール〉の開催は、十日後に迫っていた。

しかし、本郷はもうどうでもいい気分だった。参加者の十人のうち、すでに七人と肉体関係を結んでいた。コナをかけてしくじった女はいないから、いまのところ打率十割なのである。まさに入れ食い状態、想像以上の首尾である。

（みんな退屈してるんだろうなあ。なんにもない田舎に住んでて……）

お淑やかに見える人妻も、裸になったら獣だった。

花屋の栄美《えみ》、薬屋の真由《まゆ》、小料理屋の亮子《りょうこ》、パン屋の沙織《さおり》、美容院の由紀江《ゆきえ》——誰もが欲求不満をもてあまし、火遊びのチャンスを待っていたのではないかと訝ってしまったほどだった。

ただし、いくら欲求不満でも、狭い町で顔見知りと浮気するとトラブルに発展する恐れがある。その点、余所者の本郷が相手なら安心・安全、というアドヴァンテージもあっただろう。

それにしても、こんなにうまくいくとは思っていなかった。目の前にある獲物を逃がすまいと、年甲斐もなく頑張りすぎた。

二週間ちょっとのうちに七人の人妻と関係を結んだだけでも、四十歳の本郷にとってはハッスルしすぎなのに、和菓子屋の貴和子とは、一回限りのポリシーを曲げて、おかわりセックスまでしてしまったのだから……。

貴和子はただ美しいだけではなく、京都出身の優美さをたたえていた。田舎にいながらにして、東京の女よりも洗練されている。しかもいつだって隙のない和装で、はんなりした京都弁。

おかわりせずにはいられなかった。「東男に京女」という言葉がある通り、東京出身の本郷は、あの手のタイプに弱いのだ。本郷がひとり選んでセフレになれるなら、間違いなく貴和子を選ぶ。

（ダメだこりゃ。昼メシ食ったら眠くてしようがねえや……）

ラーメンライスを食べて会社に戻った本郷は、オフィスには向かわず、応接室に入った。ここは静かだし、広いソファがある。昼寝には最適な場所だ。

「ちょっと本郷さんっ！」

ソファにひっくり返ってうとうとしていると、同僚の谷本が鬼の形相で怒鳴りこんできた。

「いい加減に仕事してくださいよ！　動画が全部揃わないから、ホームページにアップできなくて困ってるんです。あと、うどん屋の浅倉麻帆さんひとりだけなんですから、さっさと撮ってきてください」

谷本が言っているのは、一分ほどのイメージビデオだ。カタヤマと一緒に参加者を募ってまわったとき、彼に動画も撮影させた。

しかし、浅倉麻帆だけはその場で参加を断られた。あとから電話でやっぱり参加しますと言ってきたので、動画をまだ撮っていないのである。写真だけは、話をしながら天才カメラマンが撮ったのだが……。

「やる気しねえなあ。写真はアップしてるんだから、それでいいんじゃねえの。他の参加者の動画だけアップしちゃえよ」

「馬鹿なこと言わないでくださいよ。ひとりだけ動画を出さなかったら、いじめみたいなものじゃないですか。イメージビデオがあったほうが、一般投票は絶対有利なんですから」

「まあ、他の参加者に票が流れる可能性があるな」

それならそれでいいような気もした。本郷としては、貴和子に優勝してほしかったからだ。おかわりセックスまでしてしまった彼女には、少なからず情が移っていた。普段はお高くとまっている彼女が、痛恨の涙を流すところなど見たくない。

そもそも、麻帆と会うこと自体が面倒くさかった。暴力的な睡魔に襲われていなくても、まったく気が乗らない。

他の参加者なら、接近するいい口実ができたと小躍りするところなのに、彼女はバツイチの独身なのだ。

アイドル級の顔をもつ、うどん屋の看板娘。紬の着物に割烹着で配膳をしている姿は、垢抜けないけど愛嬌満点。三十一歳なのに二十代半ばにしか見えず、なにより押しも押されもしない優勝候補筆頭……。

素敵な女だが、本郷は独身の女を抱かない。一生女遊びに励むつもりだから、結婚を求められても困るのである。

口説くことのできないアンタッチャブルな女と会うなんて、時間の無駄としか言い様がないだろう。まだ抱いていない人妻だって、あとふたりいる。彼女たちの攻略法でも考えているほうが、よほどマシだ。

とはいえ、谷本があまりにプンプン怒っているし、さすがにひとりだけ動画をアップしないのはフェアではないかもしれない、と思い直した。不正を疑われ、おかしな噂がたっても困る。不正はしていないが、こちらはすでに参加者の七割とセックスをしているのである。

「おまえさ、俺のかわりに撮ってきてくんない？」

上目遣いで谷本を見ると、思いきり睨みつけられた。

「僕は他にも仕事があるんです。本郷さん、寝てたじゃないですか？　寝てるくらいなら自分で撮りに行くべきでしょう？　さっさとアポとってください」

しかたなく、谷本に見張られながら浅倉麻帆に電話をした。

「もしもし。〈美熟女コンクール〉を統括している本郷と申しますが……」

「あっ、こんにちは」

麻帆の声は可愛い。ナチュラルなアニメ声というか、ちょっと舌足らずで甲高く、鼻にかかった甘い声をしている。顔だけではなく声まで可愛いなんて、もはや可愛いの詰めあわせである。

「ええーっとですね、ホームページにアップする動画を撮影させていただきたいんですが、お店の中休みの時間にでもそちらにうかがってよろしいですかね？　十分、十五分で終わると思いますので」

「ごめんなさい。今日はお店の定休日なんです」

「えっ？　ああ、そうですか……」

「明日でもかまいませんか？」

「ああ、全然かまいませんよ。じゃあ明日の中休みの時間に……」

トントン、と谷本が肩を叩いてきた。

「……なんだよ？」

本郷はスマホのマイクを手で塞いで谷本を見た。

「僕、明日から二日間有給なんです」

「はっ？　有給とってなにするんだ？」

「家族で北海道旅行です。年に一回、うちの家族にとって欠かせない行事でしてね。文句ありますか？」

「今日が水曜だから、木、金……」

「会社に来るのは週明けになります。だから、今日中に動画の素材が揃わないなら、自分で編集してホームページにアップしてください」

「チッ！」

本郷は谷本に聞こえるように舌打ちすると、スマホを耳にあてた。

「すいませーん。なんかどうしても今日中に動画が必要らしくて、どこか外でお会いすることはできないですかね？」

「大丈夫ですけど……」

麻帆はクスクス笑いながら答えた。どうやら、谷本とのやりとりが筒抜けになっていたらしい。

2

麻帆が撮影場所に指定してきたのは、町から離れた親水公園だった。

町から山道を登った高台にあり、だだっ広い敷地に川が流れていて、フィールドアスレチックのコースがある。税金の無駄遣いだと地元住民からの評判はよろしくないらしいが、実際に行ってみると、なかなか景色のいいところだった。どこまでも続いているように見える、芝生の緑がとても綺麗だ。

視界に入る建物がなにもないから、夜になったら灯《あか》りがない。ということは、星が綺麗に見えるだろう。

東京で生まれ育った本郷には、満天の星に対する憧れが昔からあった。東京に戻る前に一度、天体観測に来てみるのも面白いかもしれない。

そんなことをぼんやり考えていると、約束の午後三時から十分ほど遅れて、麻帆が姿を現した。

（……嘘だろ）

だだっ広い公園だが、他に人が誰もいなかったので、すぐに落ちあうことができた。それはいいのだが、コーラルピンクのワンピースを着ていた。光沢のあるサテンっぽい素材に、レースをふんだんに使っている。ワンピースというより、友達の結婚式に着ていくようなドレスである。ご丁寧に、髪形までお嬢様チックなふわふわのハーフアップだ。

「どうですか？　この服……」

麻帆は茶目っ気たっぷりにくるりと一回転した。

「せっかくだから、いちばんいい服着てきちゃいました」

「いや、まあ、似合ってますよ……似合ってますけれども……いつも仕事してる格好で来てくださいって言いませんでしたっけ？」

「あっ……」

麻帆はようやく思いだしたらしく、口許を手で押さえて大きな眼を真ん丸にしたが、反省する様子はまったくなく、テヘッと笑って誤魔化した。

本郷は頭を抱えたくなった。他の参加者は、全員仕事の合間に動画を撮らせてもらった。和菓子屋は和装だし、花屋はエプロンに長靴、パン屋は白いコックコートという具合だ。〈美熟女コンクール〉は、いちおう町の活性化を謳《うた》っているので、店の宣伝の一助になればいいと思ったからである。

そういう意味で、麻帆には期待していた。なにしろ「四国・うどん屋・割烹着」である。いちばん地元感があるはずなのに、よりによってドレスとは……。

「あの……定休日のお店って、撮影できないですか？　できればいつもの格好で、お店の中で撮りたいんだけど……」

「ごめんなさい。お店いま、町内会の麻雀大会で使ってて……着替えるだけなら大丈夫ですけど。着替えて戻ってきますか？」

「うーん」

本郷は唸った。うどん屋からこの親水公園まで、クルマで三十分以上かかる。往復して着替える時間も考慮すれば、戻ってこられるのは午後四時半過ぎか？　それから動画を撮影し、会社にデータを送信――どんなに急いでやったって、四時四十五分くらいにはなるだろう。

会社の定時は午後五時で、谷本は一秒たりとも残業をしない男だった。しかも仕事が極端に遅い。十五分で動画を編集してホームページにアップすることなんてできるわけがないと、すべてを放棄して帰ってしまうに決まっている。

「じゃあその……うどん屋さんの近所で、撮影できそうなところはない？」

「どうでしょう？」

麻帆は困った顔で首をかしげた。

「お店に出てる格好で他のお店に入るのは抵抗あるし……駅とか？　漁港？　でも、絶対ここのほうがロケーションいいですよ」

「……だよねえ」

ここでこのまま撮影を強行するしかない、と本郷は腹を括った。

どうしてこの人だけキメキメのドレス姿なんですか！　と谷本が怒る姿が眼に浮かんだが、どうだってよかった。ホームページの管理のごとき地味な仕事なんて、もうきっぱりとお断りなのだ。本郷はもはや、仕事に対する意欲をすっかりなくしていた。文句があるなら、いつだって辞表を出してやる。

「じゃあ、チャッチャと終わらせちゃいましょう。チャッチャと……」

本郷はポケットからスマホを出した。麻帆が訝しげな顔をする。スマホを出す前から、今日はおひとりなんですか？　と彼女の顔には書いてあった。

大変申し訳ないが、今日は天才カメラマンを帯同していない。一眼レフのカメラもない。だが、それほど心配する必要はない。最近のスマホの性能はいいからだ。カタヤマの撮影した動画に比べれば、下手すぎて悪目立ちするだろうが……そもそもひとりだけドレスだから、悪目立ちの二乗である。

言い訳するのも面倒くさく、本郷は黙って動画を撮影した。イメージビデオの尺は一分前後、素材は十分もあれば充分だろう。

「あのう、なにかポーズでもつけたほうがいいですか？」

麻帆が気まずげに訊ねてきた。

「いいです、いいです。モデルじゃないんだから。あなた、普通にしてるだけで充分可愛いんで、問題ありません。ええ、完璧にヴィジュアル仕上がってますよ」

「そんな……わたしなんて全然……」

自信なさげにうつむいた横顔に、本郷はドキッとした。貴和子や智果はもちろん、他の参加者たちも、自分の容姿に自信があることを隠しきれなかった。井の中の蛙《かわず》大海を知らず、と思わないこともなかったが、たしかに容姿は抜群だったし、男であれ女であれ、自信は人を輝かせる。決して悪いことではない。

だが、どう見てもいちばん可愛い麻帆が、こんなにも自信なさげなのはどういうわけか？　やはり、離婚経験が影を落としているのだろうか？

（それにしてもフォトジェニックだな……）

本郷はいつしか夢中になって撮影をしていた。天使のような童顔に、びっくりするほど大きな眼。「ちょっと笑ってもらえる？」と声をかければ、男殺しのミルキースマイルが返ってくる。

うどん屋の格好で撮影できなかったのは、仕事上では手痛い失敗だった。しかし、彼女のドレス姿を拝めたのはラッキーかもしれない。紬に割烹着、頭に三角巾までしていれば、どうしたって垢抜けなく見えるけれど、ドレスを来ていれば可愛らしさも美しさも三倍増だった。初々しく、透明感があって、午後の陽光を浴びてキラキラと輝いている。

しかも、紬や割烹着では計り知れなかったスタイルが、ドレスであればよくわかった。ボディラインをしっかりと視線でなぞることができる。

全体的にむちむちしていた。身長は一五五センチくらいか？　どちらかと言えば小柄だから、昔の言い方でトランジスタグラマーというやつである。

胸が大きかった。たぶん、Ｆカップ級の巨乳だろう。そのくせ、腰はくっきりとくびれて蜜蜂のようだ。尻も大きい。胸に負けていない。さらに、ふくらはぎだ。ドレスの丈は膝下くらいだったから、ナチュラルカラーのストッキングに包まれたふくらはぎがよく見えた。

やけにむちむちしたふくらはぎと、キュッと締まった足首、さらに黒いハイヒールという三段重ねが、尋常ではなくエロティックだった。小柄な女がハイヒールを履いていると、爪先立ちをしているようでエロいものだが、ふくらはぎでこんなに興奮したのは初めてかもしれない。

まばたきや呼吸を忘れてしまいそうなほど、いやらしかった。

紬に割烹着で会ったときにそういう印象はなかったが、今日の麻帆からはやたらと女らしい色香が匂ってくる。

ドレスのせいだけではない。眼つきが色っぽい。なぜ色っぽい眼つきをしているのか、考えることもできない。カメラ画面越しに眼が合えば、黒い瞳に吸いこまれてしまいそうだ。

いや、よくよく見てみれば、眼つき以上に口許がエロかった。トランジスタグラマーな彼女は、唇もまた、グラマーなのだ。

「あっ、あのう……拭ってもらっていいかな？」

本郷は興奮に上ずった声で言った。

「拭うって？」

意味がわかりません、という顔で麻帆が首をかしげる。

「こういうふうに……」

本郷は親指で唇をなぞった。

「口紅を拭うみたいな感じで……実際に拭わなくていいから、拭うふりをするというか……」

「はあ……」

麻帆は不思議そうな顔をしたまま、親指で唇を拭った。だが、カメラを意識するとスイッチが入る。眼つきがまたいちだんと妖《あや》しくなり、グラマーな唇が半開きになった瞬間、本郷は勃起した。

（まっ、まずい……）

あわてて麻帆に背中を向けた。夏用スーツの薄いズボンでは、前がふくらんでいるのが丸わかりになってしまう。

「ちょっ、ちょっと待ってくださいね……」

麻帆に背中を向けたままスマホをのぞきこみ、尺を確認した。もう九分も撮影している。せっかく景色のいい公園に来ているのだから、普通に考えれば、あと何カ所か場所を変えて撮影するべきだろう。そもそもセクシーな眼つきで唇を拭っているカットなんて使えるわけがなかったが、そんなことは言っていられなかった。このままでは勃起を誤魔化しきれなくなる……。

動画のデータを谷本に送信すると、

「ええーっと、それじゃあこれにて撮影は終了です。お休みのところ、わざわざありがとうございました……クルマはどこに停めてありますか？」

この親水公園には、複数の駐車場があった。麻帆が西の駐車場と言ったら、東に行くつもりだった。もちろん、北と言われたら南である。実際にどこに停めているかは関係ない。とにかくこの場で解散にしなければ、勃起に気づかれてしまう。

「わたし、バスで来たんですよ」

麻帆は媚びるような眼つきで言った。

「バッ、バス？　なんで？」

調べたわけではないが、こんな人里離れた公園に来るバスなんて、一時間に一本くらいしかないのではないだろうか？

「わたし、運転がすごく苦手なんです」

「なっ、なるほど……」

「それに……帰りは本郷さんのクルマに乗せてもらえばいいかなって」

ニコッと笑いかけられ、本郷は唸った。彼女は間違ったことを言っていなかった。それくらいのことを期待する権利はあるし、運転が苦手なのを事前に知っていれば、来るときも迎えにいったはずである。

しかし……。

しかしながら……。

いまのこの状態で一緒にクルマに乗るのは……。

こういうときに限ってなかなかおさまってくれないのが勃起というものだが、地獄に仏は存在した。谷本から電話がかかってきた。

「もしもし、本郷さん？　なんなんですか、この動画。この人だけ、全然テイストが違うじゃないですか」

予想通りに怒っていた。

「うるせえなあ。それが今日の俺にできる精いっぱいなんだよ。おまえも精いっぱい頑張って、さっさとホームページにイメージビデオをアップしろ」

「でも、この人だけ水商売みたいですよ」

「ドレス着てりゃあ全員ホステスか？」

「だって、他の人はみんな仕事の格好をしてるわけですから、この人もこの格好で働いてるって思われますって」

「いいじゃねえかよ、思いたかったら思わせときゃあ。だいたい、おまえはなにが言いたいんだ？　差別か？　水商売の女を差別してるのか？」

「エロすぎるって言ってるんですよ！」

谷本はついにキレたようだった。

「真っ昼間の公園で指フェラなんかさせて、マジでなに考えてるですか？」

「……拭ってるだけだろ」

「とにかく、これじゃあ僕、編集できませんから。まともなやつを撮り直すか、自分で編集してアップしてください！」

「おいっ！　ちょっと待て……あああっ……」

電話は一方的に切られたが、助かった。谷本と怒鳴りあったおかげで、勃起がおさまってくれた。

3

社用車のプリウスで町に向かった。

助手席には麻帆が座っている。

「そんなわけで、動画は明日あらためて撮らせてください。うどん屋さんの中休みにうかがいますから」

本郷はもう、谷本をあてにするのをやめた。明日撮影した動画を、自分で編集してホームページにアップすることにした。

「すいませんね。せっかくおめかしして来ていただいたのに。でも、他の参加者も仕事着なものですから……割烹着でよろしくお願いします」

「はあ……」

せっかくのドレス姿がホームページに載らなくなり、麻帆は少し残念そうだった。

申し訳ない、と心の中で詫びる。

本郷は彼女に気をとられすぎないように注意しながら、クルマを運転した。また勃起してしまったら、今度こそ誤魔化しきれなくなりそうだからである。

彼女は可愛いの詰めあわせにして、妙にエロいところがある。しかも、クルマという狭い密室で隣りあっていると、いい匂いが漂ってくる。

どこの香水を使ってるんですか？　と思わず訊きたくなったほどだが、この匂いは絶対、香水だけに由来するものではない。麻帆の体臭も混じっている。生フェロモン配合だから、こんなにも気になるのだ。

それにしても……。

三十分オーバーのドライブは長かった。時間をもてあましてしまう。ずっと黙っていると感じが悪いだろうし、かと言って話題もない。口説くことができない女にかける言葉なんて、そもそも本郷はもちあわせていない。口説くことができない女といったいなにを話せばいいのか、今度Ｙａｈｏｏ！知恵袋で質問してみようか。

「あのう……」

麻帆が遠慮がちに声をかけてきた。

「この先にラブホテルがあるって、知ってました？」

「えっ……」

本郷は彼女を二度見してしまった。運転中の二度見は危険だが、せずにはいられないほど驚いた。

「わたし、絶対優勝したいんですよ。もう一生独身でいるつもりだから、お店を繁盛させないといけなくて……」

おいおい、と本郷は胸底でつぶやいた。

麻帆は誘っていた。枕の誘いである。コンクールを仕切っている本郷を懐柔すれば、票の上乗せやらなんやらで、優勝できると考えているらしい。

東京の大手広告代理店にいたときも、本郷には何度となく枕営業の誘いがあった。フリーランスの女が仕事欲しさに秋波《しゅうは》を送ってくることもあれば、モデルや女優の卵に誘われたこともある。

仕事にセックスをからめると面倒が増えるだけなので誘いに乗ることはなかったが、本郷はそういう女が嫌いではなかった。仕事が欲しいから体を差しだす、というのは、わかりやすくていい。体をもてあそんだのだから結婚してくれと言いだす女より、よほど好感度が高い。

しかし、麻帆の期待に応えることはできなかった。優勝したいのはなにも、彼女ひとりだけではないからだ。

参加してくれる人妻たちは、優勝することで夫を見返したいとか、セックスレスから脱出したいなど、それぞれの思いを胸に秘めている。全員を優勝させてやりたいくらいだから、どんな事情があろうとも、ひとりを贔屓《ひいき》できないのである。

「嘘ですよ」

アハハハ、と麻帆は笑った。

「本当は優勝なんかより、本郷さんに興味があったんです。よかった、悪い誘いに簡単に乗るような人じゃなくて」

「……興味ってどういうこと？」

本郷は訝しげに眉をひそめた。

「相性、よさそうだなって」

「そうかね？」

「体の相性ですよ」

麻帆は楽しげに笑っている。笑い声がどこまでも無邪気である。

「エッチしません？　後腐れのないゆきずりのエッチ」

本郷はにわかに言葉を返せなかった。

男としての本能が、危険な匂いを察知していた。彼女ほどの女が自分からベッドに誘ってくるなんて、そんなうまい話があるはずがない。どれだけ退屈していようが、普通に考えておかしすぎる。

実のところ、いまの台詞《せりふ》こそ真っ赤な嘘で、彼女の狙いはやはり、コンクールの優勝なのではないだろうか？　あるいは、自分と夫婦になってうどん屋を継いでくれる男を探しているとか。いずれにせよ、そんな罠に嵌《は》まるわけにはいかない。

「言っとくけど……」

本郷はコホンと咳払いをしてから言った。

「俺と寝たって、優勝なんかできないぜ。そういうシステムになってないんだ。優勝者を決めるのは、ホームページでの一般投票とお偉方による当日審査。市長を筆頭に町の顔役みたいなのが十人くらい集まるけど、その中に俺は入ってない」

「だから、優勝したいっていうのは嘘ですって」

「優勝したくないのか？」

「べつにどうでもいいです。わたし、人前に出るの苦手だし、実際一回断ったじゃないですか？　でも、どうしても本郷さんと仲よくなりたくて、参加することにしたんですよ。一度でいいからエッチしてみたいって」

「本当に後腐れはないんだろうな？　終わったあと責任とってくれなんて言われても、困るぜ」

「アハハ。わたしもう、結婚なんて懲りごり」

麻帆は無邪気に笑っている。嘘をついているようには見えない。それが逆に怖い。

「それにしても……どうして体の相性がいいと思ったんだい？」

「わかりますよ、そんなこと」

「女の勘ってやつか？」

「男だってわかるでしょう？」

「……どうかな？」

「やだ。気がつかなかったと思ってるんですか？」

麻帆は運転席のほうに身を乗りだしてくると、唇を親指で拭った。それだけではなく、爪を甘噛みした。さらに、瞼を半分落として親指をしゃぶりはじめる。指フェラである。エロすぎて息もできない。

「本郷さん、さっき勃起してたじゃないですか？」

「あっ、いや……」

本郷は天を仰ぎたくなった。どうやら、誤魔化しきれなかったらしい。

「公園で動画を撮ってるくらいで、普通はそんなに興奮しませんよね？　好きとか愛してるじゃなくて、エッチな気分になったから勃《た》ったんでしょ？　それが相性のいい、サ・イ・ン……」

麻帆が音をたてて親指をしゃぶりはじめたとき、ラブホテルの看板が見えた。本郷は反射的にハンドルを切って駐車場にクルマを入れた。麻帆のエロティックな指フェラに悩殺され、辛抱たまらなくなったわけではなく、このまま運転を続けていると事故を起こしそうだったからだ。


そのラブホテルの部屋は不思議な造りだった。

やたらとシルバーが目立つ内装は、間接照明もかなり凝っていて、宇宙船の中のようにスタイリッシュなのに、壁と天井が鏡張り――カッコつけたいのかスケベに徹したいのか、設計者に膝づめで問いただしたくなってくる。きっと、カッコつけながらスケベなことがしたいのだろうが、よくわからないセンスである。

しかし、よくわからないと言うなら、鼻歌でも歌いだしそうな顔でベッドに座っている麻帆のほうが、はるかに上を行っていた。

このヴィジュアルで、あの大胆さ。ナチュラル・アニメ声でささやかれた「エッチしません?」のパワーワード。異性に惹かれるポイントはギャップにある、とよく言われるが、ものには限度があるだろう。

なるほど、先ほど本郷は動画を撮影しながら勃起した。アイドル級に可愛い顔、メリハリのあるボディライン、誘うような眼つきに半開きの唇と、エロスの波状攻撃を受けて、体が反応してしまった。

いまはしていない。理解不能な麻帆の言動に、不安ばかりがかきたてられる。本当に抱いてしまっていいのかどうか、腹を括ることができない。隣に座ることさえできず、立ったまま彼女をぼんやり眺めている。

「順番にしません？」

麻帆がベッドで尻をはずませながら言った。

「先にわたしがリードして、次に本郷さんがリード。一回戦はわたしので、二回戦は本郷さんになにをされても文句は言いません」

「リードするのが好きなのかい？」

それだけでもかなり意外だったが、

「ってゆーか……」

麻帆は意味ありげに瞳を光らせた。

「衝撃の告白、しますね」

「……ああ」

本郷はごくりと生唾を呑みこんだ。このうえさらに衝撃の告白があるとは、身構えずにはいられなかった。

「わたし、ドSなんですよ」

鈍器で頭を殴られたかと思った。

「本郷さんって、女をひいひい言わせるのが好きでしょ？　イカせることで、自分はこの女を支配してる、とか思っちゃうタイプでしょ？」

「……だっ、だったらどうだって言うんだ？」

本郷は苦りきった顔で答えた。咎められている、いや、嘲《あざけ》り笑われているような気がしたからである。

「それが俺なりの女の愛し方なんだ。自分が気持ちよくなるより、相手を気持ちよくさせるほうが好きかもしれない。イカせてやってなにが悪い？」

「べつに悪くないですよ」

麻帆は楽しげに笑いながら答えた。

「わたしはただ、そういうタイプの男を、ひいひい言わせるのが好きなんです。ちょっと変わった性癖ですよね？　自分でもそう思います……」

ベッドから立ちあがった。胸を張り、背筋を伸ばして、こちらに近づいてきた。

「泣かせてあげますよ。鞭《むち》で叩くとか、痛いことして泣かせるわけじゃないですよ。気持ちがよすぎて号泣しちゃうの……」

彼女と本郷の身長差は、二〇センチ以上あるはずだった。ハイヒールを履いているにしろ、一〇センチ以上は確実にある。にもかかわらず、ずっと高所から見下ろされている気がする。

「でも、ホテルに入ってから衝撃の告白をしたのは、ちょっとフェアじゃないですよね……」

麻帆は両手を首の後ろにまわし、ホックをはずした。ファスナーもさげ、コーラルピンクのドレスを脱いでいく。下着はアダルトな黒だった。推定Fカップのブラジャーが豊満な肉の隆起を包みこみ、バックレースのついたハイレグショーツが、ナチュラルカラーのパンティストッキングに透けている。

「だから、やめてもいいですよ。ずっと年下の漫画みたいな顔した女に泣かされるのが怖いなら、ここでやめてもかまいません」

「……じゃあなんで脱いだ？」

「フェアじゃないことしちゃったお詫びじゃないですか」

嘘つけ！　と本郷は胸底で叫んでいた。こんなにもいやらしい下着姿を見せつけられて、なにもしないで帰れる男なんているわけがない。

立ちあがってこちらに近づいてきたあたりから、彼女の眼つきは変わっていた。これが本当に、あの愛嬌満点のうどん屋の看板娘か？　と不安に襲われるほど、その瞳にはサディスティックな光が宿っていた。

4

自分にはマゾヒスティックな欲望がまったくない、と本郷は思っている。ＳＭプレイなんてしたことがないし、したいと思ったこともない。

だが、麻帆の誘いを断ることはできなかった。もちろん、先に彼女がリードするプレイに付き合えば、次は自分がリードできる、という点も大きい。

それに加え、アイドル級の顔面をもち、可愛いの詰めあわせと言っていい女が、実はドＳというのに興味をそそられた。

普段はツンツンしている高慢な女が実はドＭの甘えん坊、という話はよく聞くし、本郷自身、その手のタイプと付き合ったこともあるが、可愛い顔して男をいじめるのが好きなんて、あまり訊いたことがない。どこからどう見ても、麻帆には女王様という雰囲気がない。

（いったいどんなことをされるんだろう？　本当に泣かされるんだろうか？　痛いことはしないと言ってたが……）

不安と期待に胸を揺さぶられながら、スーツを脱いだ。ブリーフ一枚になると、麻帆が身を寄せてきた。

「これ、してもらってもいいですか？」

アイマスクだった。

「ハハッ、もうどうにでもしてくれ」

本郷は苦笑まじりにうなずいた。こうなった以上、もはやまな板の上の鯉《こい》に徹するしかないだろう。受け身でセックスをするというのはそういうことだ。

アイマスクによって、視界が奪われた。真っ暗だった。しかし、すぐ近くに麻帆がいるという気配は感じる。いい匂いが動く。

「ネクタイ、お借りしますね」

本郷は後ろ手に縛《しば》られた。ガチガチに縛りあげられたわけではないが、両手を自由に動かせなくなった。

（これは……ちょっと怖いな……）

想像以上だった。ちょっとナメていたのかもしれない。AVで女に目隠しをするシーンが出てくると、なにやってるんだか、とシラけていた。しかし、両手の自由まで奪われると、いつでもアイマスクをはずせるという心の余裕がなくなり、にわかに恐怖がこみあげてきた。

そして人間の体は、恐怖を感じると敏感になるようだった。まだなにもされていないのに、息がはずみはじめている。気配だけが伝わってくる麻帆になにをされるのかと不安に駆られ、身構えてしまう。彼女の髪がふわりと肩に触れただけで、ビクッとする。恥ずかしい……。

「本郷さん、女を抱くとき、まずなにをするんですか？」

耳元で麻帆がささやく。声音が甘い。いっそ甘ったるい。

「やっぱりキスかしら？」

「……そうだな」

うなずくと、唇に触れられた。先ほど撮影させてもらったように、指で唇を拭ってきた。続いて、口の中に指が入ってくる。しゃぶりなさい、とばかりに、指が抜き差しされる。まさか指フェラをさせられるとは思わなかった。

「本郷さんの唇って、ふっくらしていて気持ちいい。でも、もっと頑張って唾をつけて。気持ちよくしてあげるから……」

「ううっ！」

乳首をいじられて、ビクッとした。麻帆は唾液をつけた指で乳首をいじっていた。やけにヌルヌルしている。その状態で、小さな突起を撫で転がされる。

本郷は唖然としていた。指の動きがいやらしすぎた。これは本当に、麻帆の指なのだろうか？　こちらがなにも見えないのをいいことに、誰かと入れ替わったのではないのか？　熟練の女王様とかに……。

チュッ、チュッ、と音をたてて、麻帆は耳や頬にキスをしてきた。唇にはしてくれない。口の中に指を入れ、愛撫のための唾液を補給することはあっても、口づけはおあずけらしい。

不思議な気分だった。行き先のわからない列車に乗りこんだような不安が逆に、淫らな感情を煽《あお》ってくる。しかしそれは決して直情的な感じではなく、気分がふわふわしている。ふわふわしているのに、ブリーフにぴっちりと包みこまれた男根だけが、痛いくらいに硬くなっていく。

「ううっ！」

本郷の体は伸びあがった。麻帆の手指が、ブリーフに触れたからだ。ふくらんでいる隆起を手のひらで包みこむようにして、やさしく撫でてきた。

「すごい逞しいんですね……」

耳に熱い吐息を吹きかけながら、麻帆がささやく。

「こんな硬いの触ったら、わたしも興奮してきちゃった……」

本郷はもどかしさに身をよじった。刺激を受けた男根は硬くなっていくばかりだが、ブリーフの中に収まっている状態では苦しいだけだ。

「オマンコの匂い、嗅ぎたいですか？」

アイマスクがなければ、本郷は麻帆を二度見していただろう。三度見かもしれない。

「興奮してきたわたしのオマンコの匂い、嗅ぎたいですか？」

本郷は答えられなかった。嗅ぎたいとか嗅ぎたくないの問題ではなく、あの可愛い麻帆の口から禁断の四文字が放たれていることが信じられない。

「おおうっ！」

ブリーフの上からぎゅっと男根を握られ、本郷はのけぞった。握られたのはほんの一瞬だったが衝撃は峻烈で、両脚がガクガクと震えだした。

「ねえ、嗅ぎたいの？　嗅ぎたくないの？」

ナチュラル・アニメ声に、耳殻をくすぐられる。

「……かっ、嗅ぎたい」

「じゃあ、ちゃんと言って」

「オッ、オマンコの匂い、嗅ぎたい」

「可愛い麻帆ちゃんのオマンコの匂いでしょ」

「かっ、可愛い麻帆ちゃんのオマンコの匂い、嗅ぎたい」

「麻帆ちゃん、顔は可愛いけど、オマンコはくさいかもしれませんよ」

どう答えていいかわからないでいると、もう一度、ぎゅっと男根を握られた。本郷がのけぞり、両脚を震わせている間に、麻帆に動きがあった。アイマスクをされているので、なにをしているのかわからなかった。次の瞬間、二の腕に柔らかい肉の隆起が押しつけられた。

ブラジャーを取っていたのだ。

（こっ、これはっ……この感じはっ……）

見なくても、類《たぐ》い稀《まれ》な巨乳であることがはっきりわかった。麻帆は肉のふくらみを、むぎゅむぎゅと二の腕に押しつけてきた。そうしつつ、ブリーフ越しに男根を撫でてくる。握るぞ、握るぞ、とフェイントをかけながら……。

「まっ、麻帆ちゃんのオマンコは、きっとくさくないっ！」

本郷は叫ぶように言った。

「へええ。どうしてそう思うんですか？」

「かっ、顔も可愛いし、声だって……」

「わたし、可愛いですか？　ふふっ、男の人はみんなそう言うんですよね。最初だけね。でも、どうせすぐに冷たくなる。紙くずみたいにクシャクシャッて丸めてポイ。きっと、わたしのオマンコがくさいからよ」

どういうわけか、麻帆は突然怒りだした。自分でも「可愛い麻帆ちゃん」と言っていたではないか、と思ったが、反論はできなかった。

いきなり突き飛ばされたからだ。ベッドの上に倒されたのだが、眼が見えないので本当に怖かった。勇気を振り絞って動き、なんとかあお向けになったものの、ブラックホールの中でのたうちまわっている気分だった。

だが、そんなことはまだ序の口だった。

ようやくあお向けに体勢が安定し、呼吸を整えようとしたところで、鼻と口を塞がれた。なにが起こったのか、すぐにはわからなかった。顔面騎乗位で、麻帆が股間を押しつけてきたのだ。

「むっ……むぐっ……」

生身の股間ではなく、ショーツもストッキングも着けているようだったが、強い匂いがした。二枚の薄布の中で、女の花が蒸れているのが生々しく伝わってくる。

（むっ、蒸れてるっ……蒸れまくりじゃないかっ……）

呼吸もロクにできない状態でありながら、本郷は匂いを嗅ぎまわしていた。たしかに強い匂いだったが、くさいとは思わなかった。もしかすると、彼女はすそわきがで、それを理由に男にフラれたトラウマでもあるのかもしれないと思ったが、この程度なら全然普通だろう。

とはいえ……。

女性器の匂いは、体の相性を計るバロメーターであると思う。セックスの相性がいい女は、不思議なくらいクンニが楽しい。くさいなんて絶対に思わない。逆に、くさいと思った女とのセックスが、盛りあがった試しはない。感じ方の問題なので正しいかどうかわからないが、そういう経験則が本郷にはあった。

いや、そんなことより……。

麻帆が容赦なく股間を押しつけてくるので、本郷はいよいよ酸欠状態に陥りそうだった。意識がぼうっとし、頭の中に霞《かすみ》がかかってくる。このままでは失神してしまうという恐怖と、いっそ失神してしまうのも悪くないという諦観が頭の中で交錯し、匂いを嗅ぐのもままならなくなっていく。

これはもうダメだ――意識を失うことを受け入れた瞬間、計ったようなタイミングで麻帆が腰をあげた。ほんの少しの間だったが、酸素は補給された。

それでも、安堵の溜息をつくことはできなかった。すぐに次の衝撃が襲いかかってきた。ブリーフの上から、男根を握られたのである。今度は一瞬ではなく、ぎゅっ、ぎゅっ、ぎゅっ、とリズムをつけて……。

「ぬっ、ぬおおおおーっ！」

本郷はしたたかにのけぞった。麻帆はどうやら、女性上位のシックスナインの体勢で、本郷の顔をまたいでいるようだった。そうでなければ、こちらの顔に股間を押しつけながら、男根を刺激することなんてできない。

のたうちまわる本郷の腹部には、ふたつの胸のふくらみが押しつけられていた。とにかくたっぷりと豊満だし、頭がくらくらするほど柔らかい。にもかかわず、硬くなっている箇所がふたつあった。ふくらみの先端である。

乳首が勃っているようだった。推定Fカップの先端は、いったいどんなふうになっているのだろう？　巨乳にありがちな、巨大な乳暈《にゅううん》の持ち主なのか？　それとは逆に、小さな乳首をしているのか？

眼が見えないから、想像ばかりがふくらんでいく。しかし、想像の世界にのんびりとたゆたっていることもできない。麻帆によって、ぎゅっ、ぎゅっ、ぎゅっ、と男根を握られているからだ。握られた瞬間、峻烈な快感が体の芯まで響いてくるが、なにしろブリーフを穿いた状態なので、快感より苦悶が上を行く。気持ちがよくなればよくなるほど、苦しくてしようがない。

「わたしのオマンコ、くさいでしょう？」

「くっ、くさくなんてないよ」

本郷は上ずった声を必死に絞りだした。

「とってもいい匂いだから、年甲斐もなく嗅ぎまわしちまった」

「嘘ばっかり！」

麻帆が吐き捨てるように言う。

「お世辞を言ってその気にさせて、わたしとやりたいだけなんでしょう？　わたしのオマンコ、くさいですから！」

本郷の上から、麻帆がいなくなった。アイマスクに慣れてきたのか、彼女がなにをしているのか気配で察することができた。下着を脱いでいるらしい。蒸れた女性器を、ショーツとストッキングから解放しているのだ。

ということは、次の展開は……。

「むぐっ！」

再び、股間で鼻と口が塞がれた。今度は生身だった。ヌメヌメした貝肉質の花びらに、顔中を撫でまわされた。苦しかったが、このままやられっぱなしでは、男としてあまりにも情けない。

舌を差しだし、舐めはじめた。クリトリスがどこにあるのかよくわからないまま、ねろねろ、ねとねろ、とにかく夢中で舌を動かす。

「おっ、おいしいよっ……麻帆ちゃんのオマンコ、とってもおいしいっ……」

「嘘ばっかり！　嘘ばっかり！」

麻帆がブリーフをめくってくる。といっても、ほんの少しだけだ。伸縮性の生地から解放されたのは、おそらく亀頭だけだった。剝きだしになった裏筋を、チロチロ、チロチロ、とくすぐるように舐めまわされる。

「ぬおおおおーっ！　ぬおおおおおーっ！」

生温かい舌の感触が、男根の芯まで染みてきた。にもかかわらず、肉竿や睾丸がまだブリーフに包まれているのがつらすぎる。

麻帆はおそらく、そのつらさを理解して、わざとやっている。ブリーフ越しに、ニギニギと睾丸を刺激してくる。決して強い力ではなかったが、そこを握られると男は魂《たましい》を握られた気分になるものだ。さらには、爪を使ってくすぐりまわす芸当まで披露して、四十男を追いこんでいく。

5

シックスナインの体勢でいたのは、それほど長い時間ではなかった。時計で計れば、五分以上十分未満といったところだろう。

それでも、本郷は息が絶えだえになった。顔中が蜜まみれになるほど生身の股間をなすりつけられ、呼吸もままならなかったせいもある。

しかし、なんと言っても中途半端なフェラが最高につらかった。身をよじらずにいられないほど気持ちがいいのに、それだけでは絶対に射精に辿りつけないもどかしい刺激――焦らしプレイというか、生殺しプレイというか、ほとんど正気を失いそうだった。

だが、考えてみれば……。

それは、本郷自身が女を抱くとき、よくやるやり方だった。焦らせば焦らすほど、女の欲望は高まっていく。日常の仮面を脱ぎ捨て、牝の本能のままに振る舞って、肉の悦《よろこ》びに溺れていく。

男もそうなのだろうか？

答えは闇の中だった。麻帆がリードするセックスは、まだ始まったばかり。おそらく、この先にも次々と衝撃的なプレイが襲いかかってくる。すべてが終わったときには、答えがわかるかもしれない。

ブリーフを脱がされた。アイマスクはされたままだ。

麻帆は本郷の右側から身を寄せてくると、

「苦しかったですか？」

耳殻にふうっと息を吹きかけてきた。

「でも、女だってフェラのとき苦しいんですからね。だから、お・あ・い・こ」

本郷はビクッとした。麻帆が脚をからめてきたからだ。彼女の両脚はもう、極薄のナイロンに保護されていなかった。つるつるとなめらかな女の脚に脚をからまされるのは、それだけでも心地いいものだ。

（えっ？）

麻帆はただ脚をからめてきただけではなかった。脚で男根に触れられた。サッカーのリフティングのように、膝で男根をもてあそばれた。続いて、挟まれた。ざらついたナイロンから解放された、むちむちした肉で……。

（こっ、これはっ……この感触はっ……）

視界を奪われていても、なにをされているのかわかった。麻帆は太腿の裏側とふくらはぎで、男根を挟んできたのである。

真っ暗な視界の中に、動画を撮影していたシーンが再生されていく。

コーラルピンクのドレスを着た麻帆は、うどん屋で見たときとは打って変わって女らしい匂いを振りまいていた。トランジスタグラマーのボディライン、誘うような眼つきに半開きの唇……むちむちしたふくらはぎもまた、彼女のエロスを象徴するパーツのひとつだった。キュッと締まった足首と黒いハイヒールによって悩殺的なハーモニーを奏で、すさまじいセックスアピールを放っていた。

その部分で、男根を挟まれていた。刺激が襲いかかってくる。ぎゅっ、ぎゅっ、ぎゅっ、とリズムをつけて挟んでくる。ふくらはぎの肉は見た目以上に柔らかく、なおかつ弾力にも富んでいる。

「おおおっ……おおおおっ……」

本郷は野太い声をもらしてしまった。アイマスクをしていても、瞼の裏に残像がまだ残っている。ぎゅっ、ぎゅっ、ぎゅっ、と挟まれるほどに残像は鮮明になっていき、体が小刻みに震えだしてしまう。

「体に害のないローションですから……」

耳元で麻帆がささやく。

「でも、ちょっと冷たいかも。我慢してくださいね……」

「おおうっ！」

亀頭にねっとりした粘液をかけられ、本郷はのけぞった。たしかに冷たかったたし、そんなものいつの間にベッドに持ちこんだのだ？　とも思ったが、かまっていられなかった。

亀頭から垂れたローションは、やがて男根全体をヌルヌルにした。麻帆はすかさず、太腿の裏側とふくらはぎで挟んできた。むちむちした肉の感触が、ローションのヌメリによっていっそう妖しくなった。

「おおおっ……おおおおおっ……」

麻帆は挟むだけではなく、しごいてきた。挟んだ状態で、太腿とふくらはぎが上下に動いた。動きはぎこちなかったが、それでも快感は襲いかかってくる。瞼の裏に残っている残像がまた、鮮明に輝きはじめる。

「本郷さん、さっきわたしの脚ばっかり見てたでしょ？」

「いっ、いや、そんなことは……」

「嘘ばっかり。わたしのふくらはぎ、穴が空きそうなほどじろじろ見て、それから今度は……」

麻帆が隣からいなくなった。当然、男根を挟んでいた脚もどこかに行ったが、本郷は呼吸を整えるだけで精いっぱいだった。

麻帆は、本郷の両脚の間に陣取ったようだった。

「唇も見てましたよね？」

「むむっ……」

男根にそっと手指が添えられ、しごかれた。ブリーフの中で苦しみ悶えていた男の器官は、すりっ、すりっ、という微弱な刺激にも敏感に反応し、先端から先走り液が噴きこぼれたのがはっきりわかった。

「唇を拭うなんてエッチなことまでわたしにさせて。こんなことされるの、想像してました？　ぅんああっ……」

生温かい口内粘膜に、亀頭がすっぽりと包まれた。ついに咥えこまれたらしい。そうなると、アイマスクが恨めしくてしかたがなかった。指をしゃぶっているだけで息がとまるほどいやらしかったあの可愛い顔が、どんなふうにフェラをしているのか見てみたい……。

だが、麻帆にリードをまかせた以上、こちらから求めることはできなかった。

本郷は麻帆の舐め顔を想像しながら、フェラの愉悦《ゆえつ》に身を委《ゆだ》ねた。

唇までグラマーな麻帆は、口腔奉仕がうまかった。決して激しいフェラではない。しゃぶるときの力加減がちょうどいいのだ。強すぎず、弱すぎず、緩急をつけながらじわじわと男の性感を高めていく。おまけに、唾液の分泌量が多い。時折、唾液ごと男根をじゅるっと吸われると、本郷の腰は反り返った。

「気持ちいいですか？」

「……ああ」

本郷はうなずいた。

「ドSなんて言ってたくせに、奉仕するのもうまいじゃないか」

よけいなことを言うべきではなかった。

「やーん、本郷さんって、本当に最高。オチンチン、こんなにパンパンにさせてるくせに、そんなふうにカッコつけるなんて」

「いや、べつにカッコつけてるわけでは……おおうっ！」

不意に両脚を持ちあげられ、本郷は焦った。膝を折られ、脚をひろげられていく。M字開脚である。

「女みたいな格好にされちゃいましたよ」

麻帆がクスクスと笑う。

「この部屋、天井が鏡になってるから、アイマスク取ったら素敵な自分と対面できますね。ひっくり返った蛙《かえる》みたいになってるところ」

アイマスクの下で、じわっと汗が浮かんだ。冷たい汗だった。

「アイマスク、取っちゃいますか？」

「かっ、勘弁してくれよ……」

本郷は震える声で答えた。

「この格好で鏡を見るのは、さすがに……」

「でも、女にはさせるんでしょう？」

「えっ？」

「女が恥ずかしがれば恥ずかしがるほど興奮して、それをやらせたがるでしょ？　男の人って」

「そっ、そうかもしれないが……」

「わたしも興奮するんです。男の人が恥ずかしがってるところを見ると」

「おおうっ！」

尻の穴に、ヌメヌメした舌を感じた。M字開脚になっているということは、尻の穴が無防備になっているということだ。

麻帆はそこを舐めてきた。ねろねろ、ねろねろ、と舌を動かし、舐めてはいけない不浄の器官を、唾液にまみれさせていく。

「やっ、やめろっ……くすぐったいっ……くすぐったいよっ……」

本郷は激しく身をよじった。尻の穴は、性愛のための器官ではない。感じる男も中にはいるようだが、本郷は女に舐めさせたことなどない。

逆はある。女のアヌスを舐めまわし、羞恥心を煽りたてるのは普通である。

つまり、麻帆もこちらを恥ずかしがらせようとしているのだ。大の男が、尻の穴を舐められて悶えているところを見て喜んでいるのだ。なるほど、そういう意味では彼女は立派なドSなのかもしれない。

とはいえ、彼女の目論見は本郷の予想とは大きくはずれていた。彼女はただ、こちらを恥ずかしがらせるためにアヌスを舐めてきたわけではなかった。

「おっ、おいっ！」

本郷は声を荒らげた。唾液まみれになったアヌスに、舌ではないなにかが入ってきたからだった。

「なっ、なにをしてるんだ？」

「ふふっ、大丈夫ですよ。ちゃんと指にコンドームしてますから。衛生的には問題ありません」

麻帆は涼しい声で答えたが、そういう問題ではなかった。コンドームをしようがしまいが、アヌスは指を入れていいところではない。さすがの本郷も、女にそこまでしたことはない。

「男の人には、前立腺があるでしょう？　だから、お尻の穴をほじくられると、とっても気持ちいいらしいですよ」

麻帆は深々と埋めこんだ指を、動かしてきた。時折、敏感なところに指先があたり、ビクッとしてしまう。これが前立腺なのだろうか？　感じると言っても、気持ちがいいわけではない。ただ体が勝手に、ビクビクと反応しているだけだ。

「やっ、やめろっ……やめてくれっ……」

本郷は野太い声でうめくように言った。屈辱だった。これではまるで、女に犯されているみたいではないか……。

しかし、犯しているのは、あの麻帆だった。アイドル級の顔と甘ったるいアニメ声、さらには巨乳まで有する可愛いの詰めあわせによって、アブノーマルなプレイを強いられている——そう思うと、いままで感じたことのない、異様な興奮を覚えてしまった。

とはいえ、その段階ではまだ、興奮より屈辱のほうが上まわっていた。尻の穴の中で指を動かされることが、気持ちがいいとも思えなかった。

だが、麻帆はアヌスに指を入れたまま、男根をしごきはじめた。その瞬間、すべてが劇的に変わった。

「おおおっ……おあああああっ……」

こみあげてくる快感に、甲高い声が出てしまった。そう、それはたしかに快感だった。同時に男根もしごかれると、先ほどまでただくすぐったいだけだったアヌスへの刺激まで、快感に取って変わったのである。

「やーん、可愛いあえぎ声」

麻帆はケラケラ笑うと、次の瞬間、亀頭を頬張った。生温かい口内粘膜に先端が包みこまれ、おまけに口内で舌まで動きだす。

「おおおっ……おおおおっ……」

麻帆の口の中で、男根は限界を超えて硬くなっていった。睾丸が興奮に迫りあがり、体の内側にめりこんでいくのをはっきりと感じた。

「ダッ、ダメだっ……」

本郷は激しく身をよじった。しかし、後ろ手に縛られ、両脚をひろげた状態で押さえこまれているから、身をよじるのもままならない。麻帆が男根の根元をしたたかにしごいてくると、顔が燃えるように熱くなっていった。汗もすごかった。アイマスクの下で、みるみる顔面が汗にまみれていく。

「でっ、出るっ！　そんなにしたら出てしまうからっ！」

そういうわけにはいかなかった。フェラのあとは、おそらく騎乗位が待っている。麻帆は絶対、そのつもりだ。ここで暴発してしまうわけにはいかないのだ。

しかし、尻の穴に訪れている未知の快感に、翻弄されてしまう。自分で自分の体をコントロールすることができない。

「締まってきましたよ、本郷さんのオマンコ」

麻帆の声も興奮で上ずっていた。

「どっちが気持ちいいですか？　オマンコとクリちゃん」

彼女はアヌスをヴァギナ、ペニスをクリトリスに見立てているようだったが、本郷はなにも答えられなかった。意識が朦朧《もうろう》としていた。そのくせ、快感の輪郭だけはくっきりと鮮明で、言葉を継ぐことなんてできない。

指を入れられているアヌスも、フェラをされているペニスも、同じくらい気持ちよかった。より正確に言えば、同時に刺激されていることで相乗効果があり、普通のフェラの何倍も感じてしまう。

（もっ、もうダメだっ……）

できることなら、騎乗位でも責められてみたかったが、もはや我慢の限界。麻帆の愛撫は熱がこもっていくばかりで、とくに唇の締めつけが強くなっている。口内の舌の動きもねちっこければ、根元をしごいている手筒もフルピッチでスライドしている。

こんなもの、射精をこらえきれるわけがない。

「でっ、出るっ……」

きつく腰を反り返し、麻帆の口の中でドクンッと男の精を爆発させた。普通ではなかった。アヌスに埋めこまれた指によって精液を押しだされているような感覚があり、体の内側で立てつづけに爆発が起こる。ビクビクッ、ビクビクッ、と体中が痙攣している。発射するたびに、痛いくらいの快感が訪れる。

麻帆が吸引してくるからだった。すさまじい吸いあげ力で、放出に勢いをつける。睾丸から吸いだされた粘液はまるでぐつぐつと沸騰しているように熱く、男根の芯が燃えあがっていく。

（たっ、助けてくれっ……）

長々と射精は続いた。永遠に終わらないのではないかと思ったくらいだった。おかげで、すべてを出しきるまで声も出せなかった。最後の一滴まで麻帆の口内に吸いあげられると、放心状態で脱力した。呼吸は乱れに乱れていたし、頭の中は真っ白だった。

不意に、目の前が明るくなった。アイマスクを取られたらしい。光が瞳を刺し、すぐにはまともに眼を開けられない。

横側から麻帆が身を寄せてくる。彼女の全裸を初めて見たのでドキッとしたが、どういうわけか、眼が吊りあがっていた。鬼のような眼つきでこちらを睨み、頬をふくらませている。

「どうしてあえぎ声を出さなかったんですか？」

声が出せないほど気持ちよかったと言いたかったが、なにしろ放心状態なので言葉が継げない。

「わたし、ひいひい言わせてあげたかったのに……本郷さんがひいひいよがり泣くのを楽しみにしてたのに、ひどいじゃないですか？　本郷さんだってそうでしょう？　抱いている女が全然声出さなかったら、つまらないでしょう？」

たしかにそうかもしれないが、こちらは女ではないのだ。声を出すことに慣れていない。男のプライドが邪魔をした、という面もあるかもしれない。いくら気持ちがよくても、女にひいひいよがり泣かされるのは、さすがに格好悪いという……。

「言い訳もしないんですか？」

麻帆が睨んでくる。

「いっ、いや、その……ちょっと待ってくれよ……」

本郷は泣き笑いのような顔になった。いまの自分は、魂までも吸いとられたような状態なのだ。町いちばんの看板娘が全裸で身を寄せてきているというのに、眼福を味わう余裕すらない。

「待ちませんから」

麻帆はますます険しい表情になって言った。

「サディスティンっていうのは、終わりからプレイを考えるんです。クライマックスを先に決めて、そこから遡《さかのぼ》っていろんなことを積みあげていく。それなのに、恥ずかしがって声を出してくれないなんて、全部台無しじゃないですか」

「おおうっ！」

本郷はのけぞった。男根を握られたからだ。睾丸の中がからっぽになるくらい出したつもりでも、快楽の余韻が残っているせいか、イチモツはまだ硬さを保っていた。フル勃起ではないものの、八割くらいの硬さがある。

麻帆は男根を握っただけではなく、しごいてきた。それが怒りの発露であるかのように、かなり乱暴に……。

「ちょ、ちょっと待てっ……やめろっ……射精したばっかりなのに、刺激するな……やっ、やめてくれえええっ……」

抵抗したくても、射精したばかりの体は怠《だる》く、服を着たまま泳いだあとのようだった。そうでなくても、後ろ手に縛られていてはどうしようもない。

麻帆は本郷の首の後ろに腕をまわし、肩を抱いてきた。巨乳が二の腕にあたっていたが、かまっていられなかった。片脚も蟹《かに》挟みで自由を奪われ、完全にホールドされてしまった。

「やめませんよ」

麻帆は眼を吊りあげたまま、口許だけでニヤリと笑った。

「本郷さんだって、女にこういうことしてるんでしょ？　『もうイッてるってばぁ』とか言われても、意地悪してガンガン腰を使って……」

「たっ、頼むっ……謝るからっ……声を出さないで悪かったからっ……ぬおおおおおおおーっ！」

射精したばかりの男根をしごき抜かれる苦しさは、筆舌に尽くしがたいものだった。気持ちなんてよくないし、ただ苦しいばかり——にもかかわらず、硬さはみるみるフル勃起にまで回復していく。自分で自分の体が理解できない。

「ねえ、本郷さん。どうなりました？　イッたばかりの女をさらに追いこんでいくと、女はどうなりました？」

「おおおっ……おおおおっ……」

本郷は言葉を発することができず、野太い声だけが口からあふれる。

「続けてイッちゃうでしょう？　『もうダメ、許して』って言いながら、またイッちゃうんですよね？　本郷さんもそうなりますよ」

「おっ、男がなるわけないじゃないかっ！」

叫ぶように言った。その意見にだけは、反論せずにはいられなかった。

「なりますよ。男だって続けてイケますから。なんなら潮まで吹くかもしれませんね。男の潮吹き、経験したことあります？」

あるわけがなかった。男が潮を吹くという話さえ、耳にしたことがない。潮を吹くのは女だけの特権だろう。

しかし……。

それは実在した。

射精したばかりの男根をしごかれる苦しさにのたうちまわった本郷は、もう殺してくれ、というところまで追いこまれた。だが、苦しみの果てに待っていたのはあの世ではなく、衝撃的な快感だった。

ドクンッ、と体の内側で爆発が起こった。射精の感覚に似ているが、規模が違った。ドクンッ、ドクンッ、ドクンッ、と少し間隔を開けて訪れるのが射精だが、その快感がまとめて一気にドドーンッと炸裂する感じだ。

「うおおおおーっ！　おおおおおおおおーっ！」

雄叫びをあげながら放出したものは、男の精ではなかった。粘り気のない透明な体液が、噴水のように飛沫をあげた。

男の潮吹きだった。気絶しなかったのが奇跡に思えるほど、その未知の快感はすさまじいものだった。

気がつけば、ひいひいと声をあげてよがり泣いていた。男のプライドが粉々に砕け散っていったが、本郷はすでに羞恥の向こう側にいた。

恥ずかしさに顔から火が出そうなのに、潮吹きの快感がすさまじすぎて声を出さずにはいられない。快感に体が乗っとられていて、それを受けとめること以外になにもできない。

本郷がよがり泣いていたのは潮を吹いている間だけだから、それほど長い時間ではなかったろう。おそらく十秒にも満たないはずだ。

それでも麻帆は満足したようで、

「やーん、泣いちゃったりして可愛い……」

潮を吹き終わって呆然としている本郷の頬に、チュッと音をたててキスをしてきた。それから、涙の跡を拭うように舌を這わせた。

「ねえ、気持ちよかったですか？　男の潮吹き、満足しました？　あえぎ声も可愛かったですよ。女に泣かされちゃう情けない本郷さん、大好き……」

ペロペロ、ペロペロ、と顔中を舐めまわされながら、本郷は天井を見上げていた。

天井は鏡張りだった。全裸で後ろ手に縛られ、男根だけをビクビクと震わせている自分が映っていた。

異常な光景だった。

尻子玉を抜かれるというのは、こういう状況を指すのだろうなと思った。

抜いたのは河童《かっぱ》ではなく、可愛いの詰めあわせ——いまは全裸でいるから、ただ可愛いだけではなく、身震いを誘うほどエロティックだった。

第五章　野生に還《かえ》れ

1

数日後の午後七時――。

本郷は自宅リビングのソファで脚を伸ばし、マッカランを飲んでいた。いつもと同じハイボールなのに、いつもと同じには思えない。シェリー樽で熟成された華やかな香りも感じなければ、味もひどく苦い。

インターフォンが鳴ったので、

「鍵、開いてますよー」

玄関に向かって声をあげた。先ほどオートロックは解除してある。

「本郷はんて、ほんまに強引なんどすなぁ」

楚々とした足取りでリビングに入ってきたのは、貴和子だった。紺の浴衣《ゆかた》を着ていた。水色の雪輪模様が入っている。帯は赤だ。

「今日は早あがりやったさかい、のんびりお風呂でも入ろう思うとったのに」

「それはすまなかった」

本郷は力なく笑った。

「どうしても会いたく……いや、抱きたくなったもんでね」

「まっ、露骨どすなぁ」

言いつつも、貴和子の白い細面は、ほんのり桜色に染まった。

〈美熟女コンクール〉のアイデアを閃《ひらめ》いたとき、どんなに気に入った女が現れても、抱くのは一回だけというルールを自分に課した。どうしてももう一度抱きたくなった場合に限り、おかわりは一回まで。

ここは狭い町だし、セックスフレンドとなって定期的に会うようになると、かならずトラブルの火種になる。東京で部下の妻とセフレになったことで、本郷は警戒心が強くなっていた。安心・安全においしい思いだけをしたいなら、一回だけのルールは守ったほうがいい。

しかし、貴和子に関しては早々におかわりをしてしまったし、今日はついに三回目の逢瀬である。

不安だった。

貴和子は誘われるのを拒まないどころか、誘われた嬉しさを隠しきれない様子だ。おそらく、浮気をするのが初めてなのだろう。気持ちの隠し方がうまくないし、証拠隠滅に関してもミステイクを冒《おか》しているような気がしてならない。このままずるずる関係を続けていると、絶対によくないことが起きる……。

「それにしても、またややこしい格好をしてきて……」

本郷は、貴和子の浴衣姿を眺めて溜息をついた。

「どうせなら、もっと脱ぎやすい格好をしてきたらどうなんだい」

「あら、浴衣やさかい、いけますえ。着物と違《ちご》うて、着付けも簡単やし……全部脱いでも、五分で着れます」

「そうかもしれないが……」

浮気を疑う人間は、糊《のり》の利いた浴衣の生地に皺が目立つだけで、なにかを嗅ぎつけるものだ。

「ご主人はどうしてるんだい？」

「仕事どすえ。新作のお菓子に取り組んでるやらで、このところ夜中まで工房にこもりっきり。心配しいひんでも、あの人が浮気を疑うことなんてあらしまへん」

「なぜ言いきれる」

「うちにはもう興味があらへんのちゃいますか？　女として」

貴和子は口許を押さえて笑った。夫が自分に興味を失っていることに対し、憤るのではなく歓迎している。だから後ろめたさを感じることなく、浮気を楽しめると言わんばかりだ。

「本郷はん、いけずやわあ。こないな時間に呼びだしといて、夫の話をするなんて」

「……すまん。それはそうかもしれないな」

本郷は立ちあがって貴和子の手を取り、洗面所に向かった。彼女にしても抱かれるのを楽しみにしているのに、よけいな話をしてはシラけるだけだろう。

バレたときはバレたときだと腹を括り、貴和子を鏡の前に立たせた。鏡は腰から上が全部映るほど大きく、洗面台はベージュマーブルの人工大理石である。こういうシチュエーションに備えて、ホテルライクな洗面所がある物件を選んだ。

「本当に浴衣を乱してもいいいんだな？」

「ええ」

鏡越しに視線が合う。貴和子は笑っている。笑顔がどんどん妖艶になっていく。

「なにしてもいけますえ。ほんまはうち、替えももってきてますさかい。まったくおんなじ浴衣どす」

まったく、いやらしい女である。

（どうしたもんかな……）

本郷は彼女の後ろに立っていた。着付けに手間がかからないと言われても、せっかく浴衣を着ているのに、いきなり全裸にしてはつまらない。

後ろからビーズ編みの半襟を両手でつかむと、強引に左右に開いた。さらに、襦袢の前も開いて、紺地の浴衣から白い乳房を露出させる。

「ああっ、そないなあらけあらへん」

「あらけない」とは「乱暴な」を意味する方言だ。しかし、貴和子は乱暴にされて悦んでいる。彼女に少しMっ気があることは、前二回の逢瀬でわかっていた。

「綺麗な乳首だな……」

本郷はごくりと生唾を呑みこんだ。

乳房そのものはどちらかと言えば控えめだが、乳首は清らかな薄ピンク——最初の逢瀬も二回目も、貴和子は和服姿だったので、身八つ口から手指を入れて、着物に押しつぶされている状態の乳房を愛撫しなければならなかった。

だから、彼女の乳首を見たのは初めてだ。色白なせいか、あるいは子供を産んでいないからか、透き通るような色艶である。

本郷は貴和子の口の中に指を入れた。舌を引っぱりだすようにしてダラリと伸ばさせ、表面を左右の人差し指でまさぐる。貴和子はくすぐったそうに身をよじったが、これは愛撫というより、指に唾液を付着させるためである。

唾液のヌメリを得た左右の人差し指で、ふたつの胸のふくらみの先端をいじった。くすぐるように刺激してやると、乳首はむくむくと突起していった。清らかな色艶をしているくせに、突起した姿はいやらしすぎた。人妻の欲求不満を象徴するように、物欲しげに尖っている。

「恥ずかしくないのかい？」

耳元でささやく。

「こんな格好で乳首をいじられて……顔がどんどんいやらしくなっていく」

「そっ、そんなん、あらしまへん」

貴和子は鏡から顔をそむけたが、眼の下が桜色に染まっていた。もうすぐ耳まで赤くなるだろう。

「あぁっ……んんんっ……」

くりくり、くりくり、と乳首を転がすほどに、貴和子は身をよじって尻を押しつけてきた。彼女の小尻には、女らしい丸みと弾力がある。股間に押しつけられると、一瞬息がとまる。

（たまらないな、まったく……）

貴和子のいい女ぶりに、不倫がバレるのではないかという不安も薄らいでいく。

彼女は長い黒髪をアップにまとめているから、本郷の眼と鼻の先にうなじが露出していた。後れ毛も妖しいその部分に、ねろり、ねろり、と舌を這わせる。

「んんんっ……くぅううっ……」

貴和子はくすぐったがるふりをして、身をよじった。尻を左右に振りたてて、こちらの股間にぐいぐい押しつけてくる。

さらに、振り返って口づけを求めてきた。すでに瞳はねっとり潤んで、欲情しきった顔をしている。求めているのは口づけだけではないらしい。

「ねっ、ねぶらせてっ……本郷はんのおっきなもの、貴和子のお口に咥えさせてぇおくれやす」

「もうそんなに興奮してるのかい？」

本郷は貴和子の両手を洗面台につかせると、尻を突きだす格好にした。立ちバックの体勢である。彼女は和服の下にパンティを穿くような野暮な女ではない。浴衣の裾をめくれば、すぐに真っ白い丸尻とご対面だ。

「むううっ……」

浴衣の中にこもっていた女の匂いが、むっと立ちこめてきた。浴衣の下はノーパンなのに、かなり強い匂いを放っている。

内腿に触れると、蜜が垂れてきていた。貴和子は恥ずかしそうにもじもじしたが、そんなことをしても無駄である。欲情しきっていることは隠しきれない。本郷は右手を上に向け、桃割れの奥に侵入していった。

「くぅううーっ！」

中指を花びらの合わせ目にあてがうと、貴和子は爪先立ちになった。白い足袋を穿いていないのが残念だったが、爪先立ちの状態で、細い両脚を小刻みに震わせる。剝きだしの丸尻にまで、次第に震えが波及していく。

「すごい濡らしっぷりじゃないですか」

本郷は割れ目にあてがった中指を、尺取虫のように動かした。開いた花びらの間から蜜があふれだし、ねっとりと指にからみついてくる。動かせば動かすほどヌルヌルになって、発情の匂いも強くなっていく。

「そんなにオメコがしたかったんですか？」

鏡越しに貴和子を見た。美しい細面はすでに真っ赤に染まりきり、耳やうなじまで紅潮している。

「いけずなこと言わんといてぇ……」

貴和子がいまにも泣きだしそうな顔で見つめ返してくる。

「うち……うち、本郷はんのせいで目覚めてもうたみたいんなんどす……本郷はんとしたときのことが忘れられへん……」

本郷の胸は熱くなった。男にとって、いまの言葉は最高の讃辞だろう。

「僕も奥さんのことが忘れられませんよ……おかげで、今夜も急に呼びだしちまった……あなたは人妻なのに……」

「またいつでも呼びだしとぉくれやす……本郷はんやったら……本郷はんが抱いてくれるんやったら、うち、万難を排して駆けつけるさかい……」

「嬉しいことを言ってくれる」

「あううう――っ！」

中指を肉穴に入れてやると、貴和子は腰を反らせて悲鳴をあげた。

2

人妻相手に本気になってはいけない――本郷は自分を叱りつけた。

もちろん、本気になっているわけではない。ブレーキはきちんとかけているつもりだが、今日ばかりは貴和子に甘えたい気分だった。仮初《かりそ》めでかまわないから、恋に溺れているようなやりとりをしてみたかったのだ。

（彼女とは、これっきりで最後だしな……）

貴和子を呼びだす前から決めていたことだった。一度のつもりが三度になっただけでもリスキーなのに、これ以上危険は冒せない。

となると、もうおいしい思いだけをさせておくことはできなかった。今夜は別れを前提にしたセックスをしなければならないのである。

本郷は、人妻ときれいに別れる方法をいくつかもっていた。

連絡を途絶えさせる、というのがいちばん簡単だが、こんな狭い町ではどこかでばったり顔を合わせてしまう可能性が高い。少なくとも、数日後に迫った〈美熟女コンクール〉ではかならず会う。

次善の策は、嫌われてしまうことである。嫌われるというか、過剰にイキまくらせて、「あの人のセックスにはついていけない」「もうお腹いっぱい」と思わせてしまえばいいのである。

たとえば智果にそうしたように、連続絶頂に追いこみ、精も根も尽き果てるまでイキまくらせるのだ。智果以外にもその手はよく使っているが、ただの満足の先にあるところまで導いてやると、女はそれ以上求めてこない。実際、お腹いっぱいになった智果は、別れ際におかわりＯＫの秋波を送ってきたりしなかった。

たぶん、貴和子に対しては、一度きりではもったいないというスケベ心が働いたのだろう。とことんまでイカせきっていなかった。だが、今日はしなければなるまい。お高くとまった態度の裏にあるマゾヒスティックな匂いも嗅ぎつけてしまったことだし、今日という今日は徹底的に……。

「あああっ……はぁあああっ……はぁあああっ……」

肉穴に埋めこんだ中指を抜き差ししはじめると、貴和子は身をよじってよがりはじめた。いかにも高そうな普段の着物姿も素敵だが、浴衣姿も悪くなかった。とくに地の色が紺なので、白い丸尻がいつにも増して艶っぽく見える。

本郷は肉穴に埋めこんだ中指を鉤状に折り曲げ、指先をGスポットに引っかけるようにして抜き差しを続けた。ぬんちゃっ、ぬんちゃっ、と粘っこい音をたて、貴和子から甲高いあえぎ声を絞りとる。

鏡越しに顔を見れば、貴和子はいまにも感極まってしまいそうだった。長い睫毛をふるふると震わせ、歯を食いしばっている。チラリと見える白い歯と、眉間に寄せた深い縦皺から、発情した女の色香が匂いたつようだ。

本郷は彼女の後ろにしゃがみこむと、右手で肉穴を責めたてながら、左手でクリトリスをいじりはじめた。包皮の上から、ごく軽く触れただけだが、貴和子は爪先立ちになって両脚を震わせた。

「あっ、あかんっ……そんなんあかんってっ……」

切羽つまった声が聞こえてくる。

「うち、もうイッてまうっ……イッてしまいそうっ……」

「我慢してくださいよ」

本郷は非情に言い放った。

「そんな綺麗な顔をして、イキたがりはいただけません。はしたないですよ。ちょっと我慢したほうが、奥さんも気持ちよくイケるでしょうし」

「そっ、そんなん言うたかてっ……あおおおーっ！」

肉穴に沈めていた中指に、人差し指も加えて二本指にする。鉤状に折り曲げて蜜を掻きだすように抜き差しすると、爪先立ちになっている貴和子の足の間に、ポタポタとしずくが落ちていった。

「もっ、もうあかんっ……あかんえっ……」

貴和子の涙声が震える。だが、言葉とは裏腹に、体は絶頂を求めている。本郷が二本指を抜き差しするピッチに会わせて、小さなヒップが淫らに揺れる。

「イッ、イクッ……イイイイッ……ひぃいいいいーっ！」

言葉の途中で、貴和子は悲鳴をあげた。オルガスムスに達したことを告げる悲鳴ではなく、絹を裂くような痛々しい悲鳴である。

ピシッ、と本郷が尻を叩いたからだ。右手で肉穴を刺激しながら、左手で小さな丸尻を叩いた。

「なっ、なにをするんどすっ！」

振り返った貴和子は、ショックを受けた顔で睨んできた。育ちのよさそうな彼女のことだ。子供のころにも尻を叩かれたことなどないのだろう。

しかし、これは大人の遊びだった。貴和子が憎くて叩いているわけでも、躾《しつけ》の一環でもなく、快楽のためのスパンキングなのである。

「尻を叩かれると、気持ちがいいでしょう？」

ピシッ、ピシッ、とさらに叩いた。痛くはしない。手首のスナップを利かせ、音だけがしっかり鳴るように叩くのがコツだ。

「やめとぉくれやす。そんなんしいひんで」

「叩くと、オメコがキュッと締まりますよ」

ピシッ、ピシッ、と叩くたびに、実際、肉穴は締まっていた。貴和子は次第に、その刺激に呑みこまれていったようだ。二度とやめてとは言わなかった。そのかわり、肉穴から大量の蜜をあふれさせた。

「ひぃいいいーっ！　ひぃいいいいーっ！」

という悲鳴も、痛々しさはすでになく、いやらしい艶やかさを帯びていく。

「イッ、イッてまうっ……そんなんしたら、うち、イッてまうっ……」

もちろん、そう簡単にイカせるわけにはいかなかった。

「いっ、いややあああーっ！」

ねろねろとアヌスを舐めまわしてやると、貴和子はおぞましげな悲鳴をあげた。

「そっ、そないなとこねぶらんといてっ……ゆっ、許してっ……汚いっ……」

「大丈夫ですよ。奥さんの体に、汚いところなんてありませんから」

「あおおおおおーっ！」

後ろの小さなすぼまりに舌先をヌプヌプ入れてやると、貴和子は獣じみた悲鳴をあげた。尻の穴に舌を入れながらも、本郷は肉穴に埋めこんだ二本指を動かしていた。先ほどよりピッチをあげ、ずちゅぐちゅっ、ずちゅぐちゅっ、と卑猥な音をたててやる。そうしつつ、時折ピシッと尻丘を叩く。クリトリスをいじりまわしてやることも忘れない。

「あああっ、あかんっ！　あかんてっ！　もう我慢できひんっ！　イッ、イクッ……貴和子、イッてまいますっ……」

ビクンッ、ビクンッ、と腰を跳ねさせて、貴和子は果てた。真っ白い丸尻とすらりと伸びた細い両脚を、ぶるぶるっ、ぶるぶるっ、といつまでも震わせていた。

その様子を、本郷はぼんやりと眺めていた。

もちろん、ぼんやり眺めている場合ではなく、勃起しきった男根で後ろから貫き、連続絶頂に送りこんでやるべき場面だった。

しかし、立ちあがっても、次の行為に移れなかった。服さえ脱ぐ気になれない。

「どっ、どないしたんどすか？」

振り返った貴和子が、ハアハアと息をはずませながら言った。

「うち、本郷はんがほしおす……本郷はんのおっきなものが……貴和子に入れていただけへんの？」

そう言われても、無理だった。

本郷の男の器官は、女を愛せる形になっていなかった。

3

「そないに気にしいひんでください……」

貴和子は怒りに震える声で言い残すと、本郷の部屋から去っていった。女としてのプライドを、したたかに傷つけてしまったようだった。ましてや彼女の場合、夫もEDなのである。傷の深さは計り知れない。

（すまない……本当に申し訳ない……）

本郷は心の中で土下座しながら、貴和子を部屋から送りだした。ひとりになると、リビングのソファに倒れこむように体を投げだした。

ショックだった。

発情しきっている女を前に、勃《た》たなくなったのなんて初めてだった。

貴和子はいい女だった。この町で一、二を争う美人だし、割りきった関係とはいえ、それなりに気持ちが通じあっていた。あのまま立ちバックで貫けば、連続絶頂に導けたことは間違いない。

さらにベッドに移動して、体位を変えて燃え盛れば、かならずや彼女を「お腹いっぱい」にできたはずである。遺恨を残さず、きれいに別れられる筋道をつくることができた。

なのに……。

女好きでは人後に落ちない自分が、まさか勃たない状況になるとは夢にも思っていなかった。とはいえ、前兆がなかったわけではない。浴衣をはだけさせようが、後ろから肉穴を掻き混ぜようが、どこか乗りきれない自分がいた。

そもそも、彼女を呼びだしたのだって、彼女を抱きたかったからではない。純粋なスケベ心が勃発して、自分のルールを破ったわけではなく、ある女を忘れようとして呼びだしたのだ。

勃たなかったのは、そんなよこしまな考えに対する天罰に違いなかった。頭を真っ白にしてセックスをすれば、少なくともそのときだけは、あの女のことを忘れられると思った。逆に言えば、貴和子の浴衣をめくりながらも、真っ白い尻を叩きながらも、あの女のことばかり考えていたということだ。

麻帆である。

いまの本郷は、魂を抜かれた人形のようなものだった。抜いた犯人はもちろん、あの女だ。

麻帆によって男の潮吹きに追いこまれたあと、本郷は彼女を抱くことができなかった。最初は麻帆のリードで、次は本郷の好きにしていいという話だったが、尻子玉を抜かれた状態で、セックスなんてできるわけがなかった。男である自分を支えているものが崩れてしまい、口もきけなければ、眼も合わせられなかった。

帰りのクルマの中でもそんな有様だったので、当然のように翌日の動画撮影はキャンセルすることになった。親水公園で撮った素材を適当に編集して、〈美熟女コンクール〉のホームページにアップした。

週明けに北海道から帰ってきた谷本は激怒したが、麻帆の動画の再生回数が他の参加者の十倍だったことから、社長がなだめてくれた。唇を拭うエロティックなシーンを採用したので、麻帆は「セクシーすぎるうどん屋の看板娘」としてSNSでバズっているらしい。

コンクールのいい宣伝になると社長はホクホク顔だったが、そんなことはもう、本郷にとってはどうだっていいことだった。

麻帆のことを忘れたかった。

（ああ、そうだよ。軽い気持ちでうっかり手を出した女が、とんでもないセックスモンスターだった、というだけのことじゃないか……）

だいたい、あれほどの容姿をもつ女が自分からベッドに誘ってくるなんて、おかしいと思っていたのだ。蓋を開けてみれば、優勝を狙った枕でも、結婚相手をつかまえるための罠でもなく、単なるドSのド変態……まったく馬鹿馬鹿しい、と笑い飛ばして忘れてしまえばいい。

だが、どうしても忘れられなかった。

魂を奪われたダメージは自分で考えるよりずっと深刻で、他の女を抱くことすらできなくなってしまった。もはや、魂を奪われたどころか、呪いにかけられたようなものである。

（ちくしょう。こうなった以上、忘れてる場合じゃないぞ……リベンジするんだ。今度はこっちが、あの女をひいひい言わせてやる……）

本郷は必死に自分を奮い立たせた。

向こうもネクタイを使って両手の自由を奪ってきたので、こちらだってそれをする権利があるはずだった。大股開きの恥ずかしい格好に縛りあげ、延々と性感帯をもてあそんでやる。幸いにも、この部屋には電マがあった。欲求不満の人妻にプレゼントするために大量購入したものが、まだふたつばかり残っている。あれを使えば、どんな女でもあっという間に絶頂地獄だ。

とにかく、ここでやり返しておかなければ、一生女を抱くことができなくなるかもしれなかった。ならば、やり返さないという選択肢はない。そう、奪われた魂を、あの女から奪い返すのである。

時刻を確認した。

午後八時四十分。麻帆の実家のうどん屋は、たしか午後八時までの営業だった。

ＬＩＮＥを送ってみた。

――忘れ物を届けていただけませんか？

返信はすぐに来た。

――びっくり。もう本郷さんからは連絡がないと思っていました。

――明日でも明後日でも、時間とれないか？

――忘れ物って……ふふっ。

――どうしても、取り返したいものでね。

――じゃあ、今夜いまからでもいいですよ。

――クルマの運転が苦手だったよね？

――はい。

――自宅まで迎えに行こう。

シャワーを浴びて身を清めた。吐息にアルコール臭は混じっていなかった。貴和子が来る前に少し酒を飲んだが、これならハンドルを握っても大丈夫だろう。借りっぱなしになっている社用車のプリウスで、うどん屋を目指した。それほど遠くはない。道がすいているので、五、六分の距離だ。

麻帆は店の前に立っていた。看板の灯りが消えているので、あたりは暗かった。それでも、麻帆の可愛らしさに視線を奪われた。いや、可愛らしいだけではなかった。黒いワンピースを着ているので、いつもより大人びて見える。

「お邪魔しまーす」

意味ありげに微笑みながら、麻帆はクルマの助手席に乗りこんできた。

「忘れ物って、この前の続きですよね？」

「ああ」

本郷はうなずき、クルマを発車させた。緊張に喉が渇き、ハンドルを握る手が汗ばんでくる。

やはり、麻帆の眼をまっすぐに見ることはできなかった。情けないが、魂はまだ奪われたままだ。

「うわあっ、広い。いいところに住んでるんですねえ」

自宅マンションに着いて、リビングに通すと麻帆は無邪気な声をあげた。

「座ってもいいですか？」

Ｌ字形のソファを指差して言ったので、本郷はうなずいた。麻帆は脚を伸ばせるところに座り、楽しそうに尻をバウンドさせた。

「ちょっとお話ししてもいいでしょうか？」

麻帆が声音をあらためて言った。

「なんだい？」

「わたしを抱きたいんですよね？」

「そういう約束だったと思うが……」

「それはもちろん……でも、あのゲームで一回戦を突破されたの初めてだから、わたしも戸惑ってるんですよ。男の潮吹きで泣かせてあげると、みんなだいたい心が折れて、わたしの眼を見られなくなりますから」

だろうな、と本郷は胸底でつぶやいた。

「それで、忘れ物ってどっちかなあって……この前のおかわりをしたいんですか？もう一回潮吹きしてほしいなら、それでも全然ＯＫですよ。それとも自分がリードしたい？」

「今度はこっちがひいひい言わせる番だ」

「あー」

麻帆は人差し指を顎に置くと、大きな黒眼をくるりとまわした。

「それはあんまり面白くないと思いますけど」

「どうして？」

「わたし、不感症なんですよ。マグロってやつ」

「……なるほどね」

本郷は唸るようにうなずいた。

この前、チラチラと垣間見せていた「男嫌い」の兆候は、そのあたりにルーツがあるのかもしれない。これだけ容姿が可愛ければ——三十一歳のいまでさえ、可愛いという褒め言葉を使うのに一点の躊躇《ちゅうちょ》もない女なのだから、若いころはさぞかしモテたことだろう。

しかし、交際が始まっても、女がマグロでは男の愛は冷めていくばかり。なにをやってもノーリアクションなら、男は別れを検討しはじめる。本郷も男なのでそういう気持ちは痛いほどよくわかるが、捨てられた麻帆のほうも深く傷ついたに違いない。

不感症なのはなにも、彼女のせいではないからだ。

「ドSになったのは……男をいじめて興奮するようになったのは、不感症で捨てられたからなのかい？」

「最初はあそこまでじゃなかったんですけどね。もっとやさしくイカせてあげる感じ

「……でも、いろいろ研究して試しているうちに、なんだか楽しくなってきちゃって」

「才能が開花したわけだ」

「性癖が歪んでいっただけですよ」

麻帆は唇を歪め、憎々しげにつぶやいた。その表情を見て、本郷は彼女の本音を察してしまった。

麻帆が憎んでいるのは、マグロの自分を捨てた男たちだけではなく、自分自身もなのだ。彼女だって、本当は普通の女のように抱かれて気持よくなりたいのである。

4

「すごい着心地いいですね、これ。高級ホテルにあるやつみたい」

寝室に入ってきた麻帆は、白いバスローブに着替えてきた。

「それにお部屋も……照明が凝っててすごくエッチ」

「ホテルライクな部屋が好きなんだよ。心配しなくてもバスローブは洗濯してあるし、この部屋に女を連れこんだのはキミが初めてだ」

ベッドに座って麻帆を待っていた本郷は、真顔で答えた。バスローブは洗濯してあったが、後ろのくだりはもちろん嘘だ。嘘も方便、というやつである。

「それで、どうすればいいんですか？」

麻帆が不安げに訊ねてくる。

「マグロでもいいから抱いてみたい？」

「朝まで一緒にいてもらってもいいかい？」

「いいですよ。七時半に家族揃って朝ごはん食べるんで、それまでに戻れれば」

「じゃあ、一緒に寝よう」

本郷も白いバスローブに身を包んでいた。ベッドに横たわり、手招きで麻帆を隣に呼び寄せる。

「寝てどうするんですか？」

「添い寝してくれるだけでいい」

「朝まで？」

「ああ」

本郷の胸は不安に曇っていた。彼女の本音を察することができても、それくらいしかアイデアを思いつかなかった。

彼女は傷ついている。傷つけた男たちを憎んでいる。とにかくやさしくしてやったほうがいい。

「えっ？　なにもしないんですか？　まあ、男の潮吹きか、マグロを抱くか、地獄みたいな二択ですもんねえ」

麻帆は自虐的に笑っている。

「もし不感症じゃなかったら……」

本郷はできるだけ甘い声でささやいた。

「どんなエッチがしてみたかった？」

「えっ？　そうですねえ……野外プレイかな」

「大胆な意見だな」

「なんか野生の獣に戻れそうじゃないですか」

「試してみたことあるのかい？」

「ないですよ」

麻帆は小さく溜息をついた。

「みんな、ベッドインまではすごく熱心に口説いてくるのに、一回したらものの見事に手のひらを返しますからね。自分だけさっさとパンツ脱いで、『フェラして』しか言わなくなるの」

「まあまあ……」

麻帆が怒りだしそうになったので、本郷はなだめた。

「嫌なことは思いださなくていいよ。野外でどんなエッチをしたいんだい？」

「べつに普通でいいですよ。メイクラブって感じでお互いを求めあって……最初はバックかな。四つん這いになるだけで興奮しそうじゃないですか？　土の匂いとか草の匂いとかしてるところで、ワンちゃんみたいな格好したら……」

「なるほど」

「でも、最後はやっぱり正常位。満天の星を見上げながら、男の人の逞しい腕に抱かれてイクの……」

「そういうこと考えて、オナニーとかするの？」

「するわけないじゃないですか。不感症なのに」

「まあ、そうか」

「本郷さんは、いまでもオナニーしてるんですか？　わたしにいじめられたときのこと思いだしてオナニーしてくれてたら、嬉しいな」

「勃たなくなった」

「えっ？」

「キミに潮を吹かされてから、勃起しなくなったんだ」

「……本当に？」

麻帆は心配そうに眉根を寄せて本郷の顔をのぞきこんできた。

「キミに魂を奪われたと思った。だから今夜は奪い返すつもりだったんだが……なんだかどうでもよくなってきたよ」

「どうして?」

「キミが言ってた通り、俺は女をイカせることで、女を支配した気になっていたのかもしれない。それで、キミに同じことをされてみて……間違ってたって反省したんだ。セックスって、そういうものじゃないよなって……」

「どういうものなんです?」

「わからない……ただ、女に恥ずかしがらせたり、無理にイカせたりして悦んでいた自分が、情けなくなってきたんだ」

「恥ずかしいのもセックスの一部でしょう?」

麻帆が唇を尖らせる。

「そういうこと言われると、なんだかわたしまで悪者になったみたいで悲しくなってくるんですけど」

「悪者だろ?」

本郷は麻帆を抱き寄せ、息のかかる距離で顔を見つめた。

「男に潮吹きなんかさせちゃいかん。あんなことをするのは悪い女だ」

「自分だって女に潮を吹かせてるくせに」

「……たまにな」

先にプッと吹きだしたのは、麻帆だった。本郷も釣られて笑う。見つめあいながら、笑いがとまらなくなってしまう。

「わたしたちって、似た者同士なんでしょうか？」

「そうかもしれん」

「つらいですね、こういう似た者同士。永遠に結ばれない」

「どうしてだよ？」

本郷はニヤリと笑った。

「キミがマグロじゃなくなれば結ばれるじゃないか」

麻帆はとぼけて眼を泳がせたが、本郷は手応えを感じていた。麻帆に貸してやったバスローブは、かなり厚めのパイル地だ。にもかかわらず、体が火照《ほて》っているのが伝わってくる。彼女はシャワーを浴びていない。ワンピースから着替えてきただけなのに、なぜこんなにも熱くなっているのか？

「たしかにそうかもしれませんね……」

麻帆は泣きたいのか笑いたいのかよくわからない表情で、本郷を見た。

「マグロじゃなくなって、本郷さんと結ばれたら、いいのにな。わたし、本郷さんに興味があるから〈美熟女コンクール〉に参加したって言ったじゃないですか？　あれ、嘘じゃないですよ。あっ、この人いいなって……」

「いじめてみたいと思ったんだろ？」

「それはそうですけど……嫌いな人をいじめたいって思わないですから……だってほら、いちおう裸になるわけだし……」

いつの間にか、麻帆は本郷の胸にしがみついていた。本郷も腕枕をして肩を抱いているが、それ以上に強い力で……。

お互いに黙ってしまうと、にわかにおかしな空気になった。静寂の中、ふたりの呼吸音だけが聞こえる。心臓の音まで聞こえてきそうだ。

「あっ、あのう……」

麻帆が気まずげにこちらを見た。

「キッ、キスとかしてもいいですよ」

「いいよ、添い寝だけで。キスなんかしたら抱きたくなりそうだし」

「抱きたくなったら抱けばいいじゃないですか」

「勃たないって言ってるだろ」

「わたしがなんとかしてあげますって」

麻帆は唇をOの字にひろげると、酸欠の金魚のように口をパクパクさせた。

「勃ったところで、マグロじゃなあ……」

「反応が鈍くても、一回くらいは楽しめるんじゃないかなあ。わたしほら、見た目はそこそこいいでしょ。こんなカワイコちゃんが全裸で恥ずかしい格好してたら、男の人は絶対興奮しますから……」

本郷は麻帆を抱きしめた。麻帆の顔を胸に押しつけた。

「くっ、苦しいです……」

「マグロって話、嘘だろ？」

麻帆は言葉を返さなかった。

「どうなんだよ？」

「……ノーコメントでお願いします」

「実は逆なんじゃないか？　正体はド淫乱……乱れすぎちゃう自分が恥ずかしくて、嘘ついてるっていうのが俺の推理だが」

「……それもノーコメントで」

バスローブに包まれた麻帆の体は、熱くなっていくばかりだった。それに、両手で胸にしがみつくだけではなく、左右の太腿でこちらの片脚を挟んでいた。肉づきのよさをアピールしているようでもあったし、時折、股間をこすりつけてくるような動きまであった。そんなことをする女が、マグロのはずがない。

「じゃあ、体に訊いてやる」

バスローブの裾が乱れていた。露わになっている白い膝が、少女のようにつるつるしている。本郷の手がそこに触れると、麻帆はビクッとした。太腿を撫でさすれば、トランジスタグラマーなボディをよじりはじめた。

（さあて、どうしてくれよう……）

いつもの本郷なら、煮て食おうか焼いて食おうか、気持ちが前のめりになるところだった。

しかし、今日に限ってそんな気持ちにはならなかった。マグロであろうがド淫乱であろうが、麻帆がセックスにおいて、なんらかのトラウマを抱えていることは間違いないだろう。

そうであるなら、ただイキまくらせるだけではなく、癒やしてやりたい。彼女のためだけではなく、本郷自身、そういうセックスをしてみたい。

抱擁を少しゆるめ、キスをした。麻帆のほうから、積極的に舌を出してきたので驚いた。しかも、彼女の口内には唾液があふれてきた。

欲情している証拠である。麻帆がマグロという話は、いよいよもって信憑性《しんぴょうせい》がなくなってきた。

「うんんっ……ぅんんっ……」

時間をかけて舌を吸いあい、唾液を啜《すす》りあった。麻帆の瞳が潤んでくる。

キスを深めていきながら、本郷は彼女の体をさすっていた。バスローブの上から、背中や二の腕を……。

麻帆はしきりに身をよじっている。額や首筋を汗が光っているから、暑いのだろう。早く脱がして、という心の声が聞こえてきそうだ。

しかし、本郷は脱がさなかった。麻帆が類い稀な巨乳であることは、すでにわかっていた。バスローブを脱がし、ブラジャーを奪って、生身の乳肉と戯《たわむ》れたくてしかたなかったが、ぐっとこらえて右手をバスローブの裾の中に忍びこませた。

麻帆がどんな下着を着けているのか、まだわからなかった。しかし、薄布がぴっちりと股間に食いこんでいる。このつるつるした感触はシルクだろうか？　あるいは上質なナイロンかもしれない。

むっとする熱気が手指にからみついてくるのを感じながら、本郷はショーツの上から女の花に触れた。手のひら全体を使い、恥丘から下を包みこむような感じだ。その状態で、ぐっ、ぐっ、ぐっ、とクリトリスを押してやる。強く押したりはしない。弱い刺激で一定のリズムを保ちながら、しつこいほどに続けてやる。

「くっ……くぅうっ……」

麻帆が首に筋を浮かべた。声をこらえている。マグロ宣言をした以上、いきなりよがりはじめるのは恥ずかしいと思っているようだが、感じているのを隠しきれない。眼の下はすっかり生々しいピンク色に染まっているし、呼吸もはずんでいる。なにより、ショーツ越しに愛撫している部分が、熱くなっていく一方だ。

「我慢しないでいいよ……」

耳元でささやいてやる。

「もうマグロじゃないのはバレちまったんだから、俺の愛撫、自然に受けとめてくれないか……」

「ひっ、引きませんか？　引かないでくださいね……」

麻帆は跳ねるように体を起こすと、自分でバスローブを脱ぎ捨てた。びっくりしている本郷に、悩殺的な黒いランジェリー姿を見せつけてきた。

眼を見張るほど大きいカップのブラジャーと、股間にきわどく食いこんでいるハイレグショーツだ。むちむちのボディは甘ったるい匂いのする発情の汗にまみれ、テラテラと光っているから、セクシーさも十倍増だ。

「しょ、衝撃の告白してもいいですか？」

「……ああ」

本堂が身構えながらうなずくと、

「ああっ……あああんっ……はぁあああっ……」

驚いたことに、麻帆は自分で自分の胸をつかんだ。ブラジャーごと、ふたつの胸のふくらみを揉みくちゃにした。

「わっ、わたし、興奮してわけがわからなくなってくると……じっ、自分でしちゃうんです……おっぱい揉んだり、クリいじったり……引いてませんよね？　引かないいって約束しましたもんね？」

いまにも泣きだしそうな顔で訴えかけられ、

「ひっ、引いてないよ」

本郷はこわばった顔で答えた。もちろん、内心では引いていた。ドン引きだった。とびきり可愛いのに不感症というのも気の毒な気がしたが、とびきり可愛いド淫乱というのは……とにかく手強そうだった。

5

「わたし、初めてです……」

助手席に座った麻帆は、しきりに前髪を直している。

「エッチの途中で外に連れだされるなんて……いったいどこに行くんですか？　この前のラブホテル？　本郷さんのお部屋のほうが素敵だったのに……」

「いいから、ちょっとだけドライブに付き合えよ」

社用車のプリウスを運転している本郷にしても、セックスの途中で外に出た経験なんてなかった。セックスを中止するのならともかく、続けるつもりでいるにもかかわらず、服を着直して場所を変えるなんて……。

それでも、閃いてしまったのだからしかたがない。麻帆を抱くなら、自宅よりもっといい場所があると……。

「ところで……」

本郷は法定速度をキープしながら、麻帆に声をかけた。相変わらず、いじけた顔で前髪をいじっている。

「そろそろドSになったきっかけを教えてくれないか？」

「……あんまり言いたくないなあ」

「マグロっていうのは嘘だったんだろ？」

「そう言っといたほうが、やさしくしてくれるかなーって」

「猫を被りたかったわけか？」

「ってゆーか、女は最初、みんなマグロなんです！」

麻帆は不機嫌さを隠さずに言った。

「だっておかしいでしょ、処女があんあんよがってイキまくったら。だから、若いころの彼氏はつまらなそうでした。でも逆に、時間が経って感じ方がわかってくると、男の人はムキになってわたしをイカせて、あとで絶対馬鹿にしてくるんです。『今日はすごい乱れ方だったね』ってニヤニヤしたり、わたし、人前で言われたことまであ りますから、『こいつ、可愛い顔してド淫乱なんだぜ』って……」

「そりゃあ、さすがにデリカシーがないな」

「でしょう？　だからわたし、男の悶えさせ方を研究したんです。AVとか見て。でも、男の人ってメンタル弱すぎるから、わたしに泣かされるとプライド挫かれたみたいな感じになって……」

「離婚か」

麻帆はぶんむくれた顔でうなずいた。

「おかしいと思いませんか？　こっちだってイキながら泣いちゃうことだってあるのに……そういうときは馬鹿にしてくるのに……」

「じゃあ、もともと性癖がドSってわけじゃないのか？」

「違いますよ。でも、彼氏選びには役立ってます。いいなって思う人がいたら、まずわたしが泣かせてみるんです。それでも挫けずわたしを求めてくれたら合格」

「いままで合格者は……」

「ゼロです」

「全然役に立ってないじゃないか」

本郷は苦笑するしかなかった。

「あとから喧嘩するよりいいでしょ」

「でも結局、彼氏いない歴……」

「三年ですよ！　離婚してからひとりもいません！」

「怒るなよ」

本郷は苦笑がとまらなくなった。

「怒ってるのは、本郷さんに対してですからね」

「なんで？」

「だってわたし、三年ぶりのエッチに心躍らせていたんですよ。焚火の前で『こっちに来て！』って一生懸命叫んでたら、ようやくひとりだけ、火を飛び越えて王子様が来てくれたって……それなのに、いったいどこまで行くんですか、このクルマ」

「悪い、悪い。もうちょっとの辛抱だから」

まったく面倒くさい女だ、と本郷はニヤけてしまいそうになった。

麻帆が口にした「王子様」という言葉が気になった。そこに彼女の本性が見え隠れしているような気がした。彼女は可愛い顔をしてドSではなく、可愛い顔をしてド淫乱でもなく、本当は奔放に見せかけて誰よりも乙女《おとめ》なのではないだろうか？　体はともかく、心は……。

目的地に着いたのでクルマを停めた。

外に出ると、あたりは真っ暗だった。懐中電灯がないと歩けそうにないが、もちろん用意してきた。

「ここって、もしかして……」

麻帆が腕にしがみつきながら言う。

「ああ、思い出の公園だ」

動画を撮影した親水公園である。

「野外でするのが念願だったんだろ？」

「そっ、そうですけど……いきなりですか？」

「気候もいいし、野外プレイにはうってつけだと思うがね」

梅雨入り前の空気はじっとりと湿気を孕《はら》んでいたが、暑くもなく、寒くもない。

懐中電灯をつけて、歩きだした。

昼間でも人影がなかったところなので、夜なんて誰もいるはずがなかった。それはいいのだが、とにかく暗い。節電しているつもりなのか、外灯の数も極端に少なく、黒々とした闇に向かって歩いている感じだった。

しかし、頭上に木々が茂っている遊歩道を抜けると、いきなり明るくなった。空に月が浮かんでいた。満月だ。

懐中電灯で照らさなくても、麻帆の顔が見えるくらい明るかった。月明かりというものが、こんなに明るいとは思っていなかった。星も綺麗だったが、月の明るさが邪魔をしている。新月の日なら、それこそ降り注ぐような満天の星を仰ぎ見ることができただろう。

芝生を踏みしめて進み、適当な場所でレジャーシートをひろげた。

「用意いいんですね？」

「皮肉かい？」

「いいえ、純粋に感心してます」

「ああ、そう」

本郷は得意げにうなずいたが、社用車のトランクにそれが入っているのを知っていただけだった。とはいえ、クッションが入った分厚いシートだったので、座り心地は悪くない。

「どうだい？　草の匂いも土の匂いもするぜ……」

「しますけど……」

麻帆は下を向いてもじもじしている。

「本当にここでするんですか？」

「恥ずかしくなったのか？　どうせこんなところ、誰も来やしないさ」

本郷は立ちあがり、勢いよく服を脱いだ。ブリーフまで一気に脚から抜き、全裸で仁王立ちになった。

「……勃ってますね？」

麻帆は横眼でチラリと本郷の股間を見てきた。

「誰のお手柄だろうな」

本郷は笑った。貴和子が相手ではピクリともしなかったイチモツが、隆々と反り返っていた。鬼の形相でいきり勃ち、白く冴え渡っている満月を睨みつけている。

「そっちも早く脱げよ」

「ほっ、本郷さんも変わった人ですね……普通引くでしょ。女が野外プレイしたいなんて言ったら、『おまえ頭大丈夫か？』って……」

麻帆は渋々立ちあがると、口の中でぶつぶつ言いながら黒いワンピースを脱いだ。続いて、黒いブラジャーとハイレグショーツも取っていく。本郷の家でバスローブに着替えた彼女は、ストッキングを穿き直していなかった。生脚なので、上下の下着を脱いでしまえば、それでもう全裸である。

立ったまま、どちらからともなく身を寄せていった。抱擁し、キスをした。全裸で口づけを交わしているふたりを、月明かりが照らしている。ロマンチックな音楽でも流れてくれば、映画のワンシーンのようだろう。

本郷は少々照れくさくなったが、麻帆はこのシチュエーションに酔っているようだった。うっとりした顔でこちらを見つめては、もっとキスして、と無言のメッセージを送ってくる。乙女疑惑がいちだんと強まる。

「うんっ……ぅんんっ……」

舌と舌をからめあえば、薄闇の中でもはっきりとわかるほど頬を紅潮させていった。くびれた腰をさすると、太腿をこすりあわせてもじもじする。

「横になるか」

レジャーシートの上に横たわった。地面に近くなったせいで、草の匂いも土の匂いも、立っているときより強く感じる。気温は相変わらず暑くもなく、寒くもなかった。ただ、湿気を孕んだ風が吹いてくるたびに、全裸であることを自覚させられる。裸になってはいけないところですべてをさらけだしている罪悪感と緊張感——だがそれは、興奮を誘うスリルとコインの裏表だった。

「うんんっ……」

本郷のほうから唇を重ね、舌を吸った。そうしつつ乳首をいじってやれば、麻帆はビクッとして身をよじりだす。

本郷は麻帆の太腿を撫でさすり、手のひらを内腿に這わせていった。視線が陰毛をとらえた。前回はゆっくり眺めることができなかったが、かなり毛深かった。面積の広い逆三角形に、黒く艶めいた繊毛がびっしり生えている。

触れてみると、野性を感じた。麻帆は野外で野生の獣になりたいと言っていた。獣になるところを本郷も見たかった。黒々とした生えっぷりを味わうように、陰毛をつまんだり撫でたりしてから、その奥へと指を這わせていく。

女の花に触れた。花びらを左右に開くと、指が溺れそうなほど濡れていた。ひらひらと指を泳がせながら、クリトリスを探す。視界が覚束なくても、突起を確認できる。早くも尖っているらしい。

「くぅうう っ……」

ねちねちとクリトリスを撫で転がしてやると、麻帆は両手で口を押さえた。声を出したところで、人など来るわけがないと、地元の彼女がいちばんよくわかっているはずだった。それでも野外なのだから、誰かに見られる可能性はゼロではないと思っているのだろうか？

（あんまり声を出しそうにない愛撫からしたほうがいいかもな……）

本郷はいったんクリトリスから手を離し、麻帆の上に馬乗りになった。念願だった、巨乳との戯れの時間である。

両手でつかみ、ねちっこく揉みしだいた。乳肉はとても柔らかく、指が簡単に沈みこんだ。揉めば揉むほど、自由自在に形が変わる。

本郷はすぐに手指だけの愛撫では飽き足らなくなり、顔面を胸の谷間に埋めて左右のふくらみを寄せあげた。あお向けになっても形が崩れないほど迫りだしているのに、搗《つ》きたての餅のようにもっちりしている。

全体のサイズのわりには、乳暈は小さめだった。しかし、突起した乳首はやや大きめ。愛撫のし甲斐がありそうだった。

本郷は情熱的に乳房を揉んでは、乳首を舌先で転がした。舐めまわし、吸いたて、甘噛みまでしてやると、麻帆がうめきはじめた。口を両手で押さえていても、鼻奥から声がもれてしまう。必死になって声をこらえている姿が、たまらなくそそる。

だが……。

眼が合うと、麻帆はほんの一瞬だけ、悪戯《いたずら》っぽく笑った。

（こいつ……）

もしかすると彼女は、誰かに見つかることを恐れて、声をこらえているのではないのかもしれなかった。こうしたほうが男の人は興奮するでしょ？　と内心で思っているのではないだろうか？

6

（まったく、いやらしい女だな……）

麻帆は甘いメイクラブをご所望のようだったが、ここまで挑発されては、やさしく抱いてやるだけでは気がすまなくなってくる。

本郷は麻帆の上で後退《あとずさ》っていくと、彼女の両脚をM字に割りひろげた。そのまま背中を丸めこみ、マンぐり返しの体勢に押さえこんでいく。

「いっ、いやっ……いやです、こんな格好っ……そっ、外なのにっ……外なのにやめてえぇっ……」

女の花を月明かりに照らされた麻帆は、さすがに羞じらった。しかし、アーモンドピンクの花びらと女の顔を同時に拝めるこの体勢は、男にとってはたまらない。ましてや麻帆は、三十一歳とは思えないアイドルフェイス。性欲は旺盛でも心は乙女の、可愛いの詰めあわせである。

ペロペロ、ペロペロ、と花びらをくすぐるように舐めてやると、

「うんんんーっ！　ぅんんんーっ！」

麻帆は両手で口を押さえて眼を真ん丸に見開き、みるみる顔を紅潮させていった。チュウウッとクリトリスを吸ってやれば、宙に浮いた両脚をバタバタさせる。さらに足指をぎゅうっと丸めて、喜悦をしっかりと噛みしめる。

「ダッ、ダメですよ、本郷さんっ……声が出ちゃいますっ……」

「出したかったら出せばいいさ」

本郷はクンニに没頭していった。花びらを口に含んでふやけるほどにしゃぶりまわし、クリトリスをねちねちと舐め転がす。湿った夜風に吹かれながら、じゅるっ、じゅるるっ、と蜜を吸いあげては嚥下《えんげ》する。

そうしつつ、両手を胸に伸ばして、ふたつの乳首をいじりまわした。つまんでは引っぱり、爪を使ってくすぐりたてる。麻帆は悶絶しきっている。口を押さえていても、鼻奥から放たれる悶え声がどんどん大きくなっていく。

（本当にうまいな……）

麻帆が大量の蜜を漏らしているので、本郷の顔はあっという間に濡れまみれていった。しかし、まるで気にならない。

味も匂いも、これほど美味に思える女性器と出会ったのは初めてかもしれなかった。本郷の経験則によれば、体の相性は抜群ということになる。

いくらでも舐めていられそうだったが、ここはベッドの上ではない。クッションが入っているとはいえ、レジャーシートの上であり、その下は芝生である。あまり無理な体勢を続けるのも麻帆が可哀相なので、マングり返しの体勢を崩した。

「ああっ……」

麻帆が体を伸ばして呼吸を整える。ハアハアと息をはずませながら、太腿あたりを、ビクビクッ、ビクビクッ、と痙攣させている。

「おい……」

本郷はあお向けになって声をかけた。

「上にまたがってくれないか？」

「きっ、騎乗位ですか？」

麻帆は泣き笑いのような顔になった。

「わたし……バックがいいなあ……」

「野生の獣になりたいんだものな」

「覚えてるならバックにしましょうよ」

服を脱ぐ前はもじもじしていたくせに、マングり返しで火がついてしまったらしい。麻帆は自分の欲望に素直になっていた。きっと野外で後ろから突きまくられるシチュエーションを想像して、何度もオナニーしたことがあるのだろう。

「気持ちはわかるが、今回は俺がリードする番だぜ。断固として騎乗位を求めさせてもらう」

「……いいですけどね」

麻帆はひどく残念そうな顔で上体を起こすと、本郷の腰にまたがってきた。片脚を立て、男根に手を添えようとしたので、

「そのままでいい」

本郷は制して、麻帆を呼び寄せた。上体を覆い被せてきた彼女を、そっと抱いてやる。顔と顔が、息のかかる距離まで接近してくる。間近で拝む天使のような童顔も見ものだったが、

（まったく、エロい体だな……）

トランジスタグラマーのボディは、どこもかしこもむちむちして、最高の抱き心地がした。とはいえ、それを味わうために騎乗位をチョイスしたわけではなかった。本郷には、女性器の匂いや味を好きになれるかという以外にも、体の相性をはかるバロメーターがあった。

「どうやって入れるんですか？　わたしいま超興奮してますから、焦らして意地悪するのはなしにしてくださいね」

「いいからまかせとけ」

本郷は両膝を立て、麻帆の尻を太腿の上に載せるような体勢になった。少しずつ脚を伸ばしていくと、当然、尻は下に沈んでいく。そのまま男根に手を添えず結合ができれば、性器と性器の角度が合っているということになる。

これも経験則であり、誰にでも通用するバロメーターかどうかわからないが、少なくとも本郷はいままで、ノーハンドで騎乗位の結合ができる女とは、燃えるような熱いひとときを過ごすことができた。

「あっ……」

麻帆が眼と口を丸くした。男根の切っ先が、濡れた花園に届いたのだ。さらに脚を伸ばしていけば、ずぶっ、と亀頭が埋まった感覚があった。

（完璧だな、こりゃあ……）

前回は結合していないから、これが最初の挿入だった。それなのに、たった一回でスムーズに入っていけた。もちろん、麻帆がゆるいわけではない。むしろよく締まる。肉穴は窮屈なくらいにもかかわらず、脚を伸ばしていくほどに、奥へ奥へと吸いこまれていくようだ。

「てっ、手を使わないで入れられるんですね？」

男根を根元まで入れると、麻帆は結合の衝撃に声を震わせながらも、驚きを隠しきれなかった。

「自分で言ってたぜ」

本郷はニヤリと笑った。

「俺たち、相性がいいんだろ？」

「でっ、でもこんな……もうびっくり……」

「それよりどうなんだ？　三年ぶりに入れた感想は？」

知らない！　とばかりに麻帆が顔をそむけたので、本郷は彼女の後頭部を撫でた。

長い黒髪を梳くようにして、何度も何度も撫でてやる。それから、背中もさすってやった。肌理《きめ》の細かいなめらかな肌が、少し汗ばんでいた。本郷もそうだろう。暑くはないが、風が湿っぽい。なにより、お互いに興奮している。麻帆はしたたるほどに蜜を漏らしているし、本郷は痛いくらいに勃起している。

「うっ、動いてもいいですか？」

麻帆は焦れてしまったようだ。本郷の答えを待たずに、動きはじめる。四つん這いのまま体ごと前後に動いて、性器と性器をこすりあわせる。

「ああああっ……」

グラマーな唇から、声がもれた。いつものナチュラル・アニメ声より、一オクターブは高かった。あえぎ声は可愛いだけではなかった。可愛いのに色っぽい。もっと聞きたくなり、本郷は下から律動を送りこんだ。

「あああっ……はぁあああっ……あぁううーっ！」

軽いストロークを何度か送りこんだだけで、麻帆は眉根を寄せたよがり顔になった。三年ぶりに味わう待望のセックス、というのもあるのだろうが、それだけが理由ではないだろう。

本郷も感じていた。まるで誂《あつら》えた鞘《さや》に刀をしまったときのように、収まりがいいのだ。体の相性というか、性器の相性が抜群なのだ。まだ始まったばかりなのに、そんなことを感じた女は彼女が初めてだった。

「なっ、なんかっ……すごい気持ちいいんですけどっ……」

麻帆が泣きそうな顔で見つめてくる。

「ほっ、本郷さんっ……とっても硬いしっ……」

「乱れてもいいぜ。俺は馬鹿にしたりしない」

「本当？」

「馬鹿にしたら、あなたは泣きながら潮吹いてたじゃないのって、言い返されそうだからな」

クスッと笑った麻帆は、本郷の言葉で吹っ切れたようだった。上体を起こすと、推定Fカップの巨乳を揺らしながら、腰を振りはじめた。

まずは前後に動いてきた。重量感のあるヒップを重石《おもし》のように使い、クイッ、クイッ、と股間をしゃくる。本郷は女のこの動きが大好きだったが、麻帆は他の女とは見た目の破壊力が違いすぎた。

月明かりを浴びてタップン、タップン揺れている、豊満な胸のふくらみ。男の腰を挟んでいる左右の太腿も、呆れるほどむっちりしていて悩殺的だ。野性味あふれる濃い草むらもいい。トドメは腰だ。全体的にむちむちした体をしているのに、そこだけは蜜蜂のようにくびれて、しかもいやらしすぎる動きをしている。

（たっ、たまらないな……）

眼福により、興奮の炎に油を注ぎこまれた本郷は、両手を麻帆の胸に伸ばして言った。ド迫力の肉山の先端を、まずは人差し指だけで刺激する。物欲しげに尖った突起を、くにくにといじってやると、

「ああーんっ、いやーんっ！」

三十一歳のバツイチとは思えない、可愛い反応を返してきた。だが、可愛いのは声だけで、眉根を寄せて眼を潤ませ、半開きに開いた唇でハアハアと息をはずませている顔は、身震いを誘うほどいやらしい。

乳首をつまんで引っぱってやると、

「ああーんっ、伸びちゃうっ……乳首が伸びちゃううううっ……」

麻帆はいやいやと首を振ったが、感じているのはあきらかだった。夜闇の中でもはっきりわかるほど顔も耳も真っ赤に染まっていたし、なにより腰使いに熱がこもっていく。ずちゅっぐちゅっ、ずちゅっぐちゅっ、とはしたない肉ずれ音を撒き散らして、フルピッチで股間をしゃくっている。激しく動けば動くほど巨乳が揺れはずみ、引っぱられている乳首に負担がかかるというのに……。

しかも、本郷が乳首から手を離すと、今度は自分で乳房を揉みはじめた。腰を振るリズムに乗りながら肉の隆起を揉みくちゃにし、乳首をひねりあげる。本郷が引っぱ

ったときより、よほど強く引っぱりはじめる。

肉の悦びをむさぼっている女はたいてい可愛いものだが、麻帆は特別だった。可愛かった。

「そんなにしたら、本当に乳首が伸びちまうぞ」

本郷は麻帆を抱き寄せた。その状態で下からガンガン突きあげるのも好きなプレイのひとつだったが、騎乗位を中断して彼女の下から抜けだした。いよいよお待ちかねのバックスタイルだと、麻帆を四つん這いにうながす。

「後ろからしてくれるんですか？」

麻帆は媚びた声で言い、尻を左右に振りたてた。

「獣になりたいんだろ」

「こんなに可愛い獣ちゃんがいるかしら？」

「よく言うぜ」

本郷は麻帆の尻に腰を寄せていこうとして、一瞬動きをとめた。

(でっ、でかい尻だな……)

ヒップそのものが、人並みはずれて大きいわけではない。バランスだ。全体の印象が小柄で可愛らしいのに、胸と尻だけが異様に大きい。しかも、腰がくびれているから、四つん這いにして後ろから見ると、エロすぎて眩暈《めまい》がしそうだ。

たとえば、貴和子の裸身は美しいが、ここまでいやらしくない。「男好きする体」の見本があるとしたら、麻帆の体がそうだった。

バスト・ウエスト・ヒップだけではなく、むちむちのふくらはぎからキュッと締まった足首まで、どこを眺めても口の中に生唾があふれてくる。服を着ていると可愛いの詰めあわせだが、裸になればいやらしいの詰めあわせである。

おまけに……。

「ああーんっ、早くくださいっ……」

麻帆は尻を振って挿入をねだってきた。いや、ただ尻を振っているだけではなかった。よく見れば、自分で自分の花をいじっている。くちゃくちゃ、ぴちゃぴちゃっ、という卑猥な音が、生暖かい夜風に乗って耳に届く。

(こりゃあ、普通の男の手に負えなくてもしようがないか……)

麻帆の放つエロスのオーラに圧倒されながら、本郷は尻に腰を近づけていった。硬く勃起した男根を握りしめ、濡れた花園に切っ先をあてがう。

にわかに風が強くなったようで、麻帆の長い髪が揺れていた。ここが野外と意識すれば、いやがうえにも興奮は高まっていく。麻帆も初めてするらしいが、本郷にとっても初めての野外プレイである。

腰を前に送りだし、ずぶっ、と亀頭を埋めこんだ。麻帆の中は奥の奥までよく濡れて、おまけに驚くほど熱かった。熱く濡れた肉ひだが、カリのくびれにピタピタと吸いつき、からみついてくる。さらに腰を前に送りだすと、あまりの心地よさに気が遠くなりそうになった。

（こっ、これはっ……この結合感はっ……）

麻帆がとびきりの名器の持ち主であるかどうか、本郷にはわからなかった。しかし、間違いなく相性はいい。前からもよかったが、後ろからだと先ほどとはあたるところが異なるから、また違った新鮮な結合感がある。

同じことを、麻帆も感じているのかもしれなかった。自分でクリトリスをいじることも忘れて、四つん這いの体をただ小刻みに震わせている。結合した性器を通じて、歓喜の震えが伝わってくる。

本郷は動きだすのが怖かった。結合しただけでこの一体感――動きだしたら、いったいどうなってしまうのか？

それでも、動きださずにはいられなかった。身の底からマグマのような興奮がこみあげてきて、じっとしていられない。

「はっ、はぁあああーっ！　んんんっ！」

麻帆がいきなり、甲高い声をあげた。彼女自身も驚いたようで、すぐに声を殺したが、感じるところにあたっているのだ。

「おおおっ……」

抜き差しのピッチをあげていくと、本郷の口からも野太い声がもれた。このピストン運動の気持ちよさは、いったいどこから来るのだろうか？　やはり相性なのだろうか？　自分と麻帆は、そんなにも相性がいいのか？

わからないまま、本郷は夢中になって腰を使った。一打一打に力をこめた渾身のストロークを、巨尻の中心に打ちこんだ。パチーンッ、パチーンッ、と尻を鳴らす音が、夜の公園に響き渡る。

「ああーんっ、いいっ！　気持ちいいいいいいーっ！」

麻帆が叫ぶように言う。もはや声を殺すつもりもないらしく、あんあんとあえいでは、巨尻をぶるぶると震わせる。

自分たちはいま、ただ一対の獣だと本郷は思った。吹きつけてくる湿っぽい夜風に包まれ、ふたりとも汗にまみれて、交尾に没頭している。

麻帆は野生を感じているだろうか？

夢は叶《かな》っただろうか？

だが、麻帆はそんな生やさしい女ではなかった。夢の実現を祝福するより、目の前にある快感に飛びつかずにはいられないらしい。

ワンワンスタイルで後ろから突きあげられながら、再び自らの指でクリトリスを刺激しはじめた。四つん這いの体をにわかに激しくよじりはじめ、月明かりを浴びた白い背中に、汗の粒がびっしり浮かんでくる。

（まったく……）

交尾をしながら自慰をする獣がいるわけないじゃないか！　と本郷は胸底で絶叫した。呆れもしたが、貪欲な麻帆が愛おしくもある。彼女はいま、他ならぬ自分と情を交わしている。オナニーくらい、好きにすればいい。

「ほっ、本郷さんっ！」

麻帆が振り返らずに言った。

「わっ、わたし、もうイキそうっ……もうイキそうですっ……」

ぶるぶるっ、ぶるぶるっ、と巨尻を震わせながら訴えてくる。

一度イカせてやってもよかったが、クライマックスはまだ先だ。本郷はくびれた腰をつかんでいた両手を、麻帆の胸に移動させた。巨乳を揉みしだきながら、上体を起こさせる。

麻帆が首をひねって振り返った。眼の焦点が合っていない。それでもキスをすると、舌を差しだしてきた。もはや本能だけでしているような、激しくも濃密な口づけを交わす。舌と舌がからまりあって結ばれてしまいそうだ。

キスをしつつ、本郷は腰使いのギアを一段あげた。麻帆が上体を起こしたことで、また男根のあたる位置が変わったからだ。先ほどより深く突けそうだし、むちむちした巨尻と、こちらの腰の密着感もいやらしい。あまりの気持ちよさに、連打を放たずにはいられない。

パンパンッ、パンパンッ、と巨尻を鳴らして抜き差しすると、

「はっはぁうううううーっ！」

麻帆が獣のように咆哮《ほうこう》した。

「おっ、奥まできてるっ……いちばん奥まで届いてるうううーっ！」

「気持ちいいか？」

「いいっ！　すごーいっ！」

「でも、イクのはちょっと我慢しろよな」

「ダッ、ダメッ……我慢できないっ……もうイキそうっ……イッちゃうっ、イッちゃうっ……イッ、イクウウウウウウーッ！」

驚くほどの激しいイキ方で、麻帆はオルガスムスに駆けあがっていった。ビクンッ、ビクンッ、と腰を跳ねさせ、体中の肉という肉をいやらしく痙攣させた。それも、可愛げのある痙攣ではなく、電気ショックでも受けたように全身をビクビクさせて、暴れだしそうな勢いだった。本郷が後ろから抱いていなければ、どこかへ飛んでいってしまったかもしれない。

あまりに激しい痙攣なうえ、背中を弓なりに反り返したので、結合がとけた。男根がスポンと抜けてしまったのだ。

よくあることなので、本郷はあわてなかった。

だが次の瞬間、麻帆の股間からなにかがあふれだした。潮ではなかった。音と匂いでゆばりだとわかった。失禁してしまったらしい。

「いっ、いやあーっ！　いやああああーっ！」

麻帆のあげる悲鳴から、色っぽさがごっそり抜け落ちた。失禁してしまったことに、彼女自身が焦っている。粗相をしてしまったと嘆いている。

本郷はすかさず、麻帆をあお向けに倒した。ゆばりを漏らしていないところを選んだつもりだが、狭いレジャーシートの上である。ふたり揃ってゆばりまみれで帰ることになりそうだったが、関係なかった。そんなことくらいで、この一生の思い出になりそうなセックスを中断する気にはなれない。

泣きそうな顔をしている麻帆の両脚をM字に開き、その間に腰をすべりこませた。正常位の体勢を整え、狙いを定めてから麻帆を見た。

「星は見えているか？」

濡れた瞳をのぞきこんでささやく。

「星空を見上げながら、男に抱かれたかったんだろう？」

麻帆は首を横に振った。

「見えない……わたしもう、本郷さんしか眼に入らない……」

せつなげに眉根を寄せている麻帆に、本郷はキスをした。胸が熱くなっていくのを、どうすることもできなかった。

(可愛いのは顔だけのくせに……性格も超面倒くさいくせに……いいこと言ってくれるじゃないか……)

舌と舌とをねちっこくからめあいながら、亀頭を肉穴に沈めこんだ。失禁するほどの絶頂に達した麻帆の花は、先ほどよりさらに締まりを増していた。そこだけが別の生き物のように、ひくひくと震えてさえいた。それを感じながら、少しずつ腰を前に送りだしていく。結合が深まれば深まるほどキスは情熱的になり、混じりあった唾液がお互いの口を行き来する。

「あああああーっ!」

男根を根元まで入れると、麻帆はキスを続けていられなくなった。背中を思いきり反らせて、夜空に向かって歓喜の咆哮を放った。

声をあげたいのは、本郷も同様だった。騎乗位、バックスタイル、どちらの結合感もたまらなかったが、正常位は格別だった。

本郷は突きあげた。突いて突いて突きまくれば、お互いの体が汗でヌルヌルとすべって気持ちがいい。正常位が格別なのは、肉づきのいい麻帆の体を抱きしめられるからだった。性器だけではなく、体ごと密着できる。

麻帆は本郷にしっかりしがみついていた。力の限り、という感じだった。両手を背中にまわしているだけではなく、やがて両脚まで腰にからめてきた。

熱狂が訪れた。

本郷がフルピッチでピストン運動を送りこめば、麻帆も下から腰を使って摩擦感を強めてくる。最初は別々にずれていたお互いのリズムが次第に近づき、やがてぴったりと重なりあっていく。

そうなると、快楽のためにセックスをしているというより、ひとつの生き物になってしまったようだった。麻帆の気持ちよさが、手に取るように感じられた。麻帆もきっと、本郷の気持ちよさを自分のものとして受けとめているに違いない。

いま自分の腕にナイフを立てたら、麻帆にも痛みが伝わるのではないだろうか？　麻帆の心臓が突然とまれば、本郷も一緒に死ぬだろう。そんな妄想が、腰を振りあうほど確信に近づいていく。

いまこのときが、ずっと続けばいいと思った。

射精さえしなくていい——そう思っている自分に、本郷は驚いた。射精を望まないセックスなんて、いままで一度も経験したことがない。

　性交中の男は、一刻も早く射精がしたいが女を満足させるためにそれを我慢する、あるいは自分を焦らして射精の快感を高めようとする、そういうものだとばかり思っていた。少なくとも、本郷がいままでしてきたセックスはそうだった。

　だが、いまは終わりたくなかった。できることなら永遠に、麻帆とひとつになっていたい。

　もちろん、それは叶わぬ夢だった。本郷の腰使いは情熱的になっていく一方だし、麻帆の身のよじり方は激しくなっていく一方で、あえぎ声もいやらしくなっていくばかりだ。

「わっ、わたしっ……わたしっ……もうダメッ……」

　麻帆はハアハアと息をはずませながら言った。

「イッ、イッちゃいそうっ……我慢できないっ……」

「我慢しないでいい」

　本郷はうなずいた。

「こっちもそろそろ限界だ」

「わたしっ、ピル飲んでますっ……」

　麻帆はすがるような眼つきで、本郷を見つめてきた。

「だっ、だからっ……中で出しても……いいよ」

本郷はもう一度うなずいた。ベッドの中で、女のこの手の言葉を信じたことは一度もなかった。できればコンドームを装着し、生で入れるにしても膣外射精――避妊をしくじったことはない。

だが、いまばかりは麻帆の中で出したかった。彼女は嘘つきだから、ピルを飲んでいるという話もまた、真っ赤な嘘かもしれない。

それでも中で出したかった。この衝動をこらえるくらいなら、男に生まれてきた意味がない。妊娠だろうが結婚だろうが慰謝料だろうが、どんな地獄めぐりでも受けてたってやる。

「イッ、イクよっ……イキそうよっ……」

麻帆が背中を叩きながら、いまにも泣きだしそうな顔で見つめてくる。瞳が涙に溺れている。愉悦の涙だ。

「イッ……イクッ……イッちゃうっ……イクイクイクイクッ……はっ、はぁあああああーっ！」

本郷の腕の中で、麻帆の体がビクンビクンと跳ねあがる。彼女のイキ方は暴れるように激しいから、本郷は力の限り抱きしめた。

どんな女でも、絶頂を迎えた瞬間は抱き心地がよくなるものだ。しかも麻帆は、男好きするトランジスタグラマー。むちむちした肉という肉が、どこもかしこも歓喜の痙攣を起こしている。それを抱きしめ、全身で味わえるのは、男冥利に尽きるというものである。

しかし、抱き心地のよさに酔いしれている暇はなかった。本郷にも限界が迫っていた。麻帆の絶頂が射精の引き金になった。

「むうっ……むううっ……むうううーっ！」

本郷は鼻息も荒く、フィニッシュの連打を放った。まだビクビクと痙攣している麻帆の体を、鋼鉄のように硬くなった男根で突きまくった。

「だっ、出すぞっ……中で出すぞっ……」

「ああっ、出してっ……本郷さん、中で出してえええっ……」

「おおおっ……うおおおおおおーっ！」

ドクンッ、と本郷は、男の精を爆発させた。雄叫びをあげながら、ドクンッ、ドクンッ、ドクンッ、と熱い粘液を麻帆の中に注ぎこんでいく。痺れるような快感が男根の芯を走り抜けていくたびに、声をあげずにはいられない。麻帆を抱きしめずにはいられない。

麻帆は泣きだしていた。イキながら、泣いていた。少女のように泣きじゃくっていた。歓喜の涙がとまらないようだった。

本郷も、眼をつぶればきっと、瞼《まぶた》の裏に歓喜の熱い涙があふれたことだろう。

しかし、眼を閉じることはできなかった。泣きじゃくっている麻帆から、一時たりとも眼が離せない。

「はぁあああーっ！　はぁああああああーっ！」

「おおおおおーっ！　うおおおおおおおーっ！」

お互いの体にしがみつきながら、喜悦に上ずった声を重ねあった。本郷が身をよじれば、麻帆も身をよじった。ドクンッ、ドクンッ、ドクンッ、と射精をしながら、本郷はこの世のものとは思えない快感を味わっていた。体中の肉という肉が歓喜にざわめき、ビクビクと痙攣して、男根は精液を吐きだしても吐きだしても、鋼鉄のような硬さを保ったままだ。

いま味わっているのは、肉体的な快感だけではなかった。

それまで信じていなかったし、一生信じることがないと思っていたものが、はっきりと感じとれた。

愛という名の、この世でいちばん厄介な代物だ。

エピローグ

「ちょっと本郷さん！　いったいなに考えてるんですか？」

電話の向こうで谷本がわめいている。

「コンクール当日に、統括の責任者が辞表を出していなくなるなんて、マジでシャレになりませんよ」

「あとはおまえが頑張って成功させてくれ」

「馬鹿なこと言ってないで、すぐに現場に入ってくださいよ。カタヤマさんだって、カンカンになって怒ってますよ。東京から来てくれたヘアメイクさんも……そういう人たちの相手をするのが、本郷さんの仕事でしょう？」

「もう辞表を出したんだから仕事じゃねえよ」

本郷は一方的に電話を切り、スマホの電源も落とした。本郷は昨日の深夜、誰もいない会社に行って、社長のデスクに辞表を置いてきた。

「大丈夫なんですか？」

麻帆が心配そうに訊ねてきたので、

「さあな」

本郷は苦笑した。

「でもまあ、カタヤマはそんなにひどい人間じゃないから、仕事はひと通りこなしてから帰るだろう。やつが連れてきたヘアメイクと一緒に……」

心の中で両手を合わせて詫びるしかなかった。自分は本当にひどい人間だと思うが、この決断だけは譲れない。カタヤマやヘアメイク、あるいは地元のコンクール関係者に一生恨まれても、それはそれでしかたがない。

本郷と麻帆は、東京に向かう列車に乗っていた。仲睦まじく身を寄せあい、しっかりと手を握りあって……。

「俺のことより、そっちは大丈夫なのかい？」

本郷は麻帆に訊ねた。

「両親は怒ってるでしょうけど、親子の話ですし……わたしのこと、きっとわかってくれると思います」

麻帆もまた、家族に「捜さないでください」と書き置きを残して家出してきた。三十一歳の出戻り娘となれば、少年少女の家出とは深刻さが違うだろうが、家出には変わりない。

麻帆は離婚して実家に戻るとき、二度と結婚はしないから店を継がせてほしいと両親に頭をさげたらしいのだ。となれば、両親は当然、そういう未来を期待している。おまけに〈美熟女コンクール〉で看板娘が優勝でもした日には、店が繁盛して麻帆は地元から動けなくなってしまう。

そういう未来をキャンセルするために、本郷と麻帆はふたりで逃げることを画策したのだった。

なぜキャンセルしたのかは言うまでもない。

そこに愛が芽生えてしまったからである。


夜の親水公園での情事を終えたふたりは、全裸のままレジャーシートに横たわり、しばらくの間、夜闇の中でまどろんでいた。

月も星も綺麗だった。本郷が都会で生まれ育ち、田舎の夜空が珍しいから、そう思ったわけではない。いまならば、熊に襲われそうな山の中でも、あるいは灰色のコンクリートジャングルでも、キラキラと輝いて見えるに違いない。

恍惚を分かちあった女が、隣にいるからだ。分かちあったものは恍惚だけではないという確信が、眼に映るすべてを美しく見せる。

「くさいですね」

麻帆が申し訳なさそうに鼻をつまんだ。

「気にするなよ。野生っぽくて俺は気に入ってるぜ」

レジャーシートの上は、彼女が漏らしたゆばりでびしょびしょだった。ほんの少しアンモニア臭がしたが、本郷は本当に気にならなかった。

「いじめですか？」

「なんでだよ？」

「わたし早くシャワー浴びたいのに……おしっこの匂いを嗅がれてるのが恥ずかしくてしょうがないのに……いつまでここにいるつもりなんです？」

「いいじゃないか」

本郷は麻帆を抱き寄せた。彼女のいやらしい体はまだ、オルガスムスの余韻で熱く火照っていた。

「もう少しここでこうしてたいんだ。嫌なにおいも、そのうち風に乗ってどこかへ飛んでいくさ」

麻帆は気まずげに眼を伏せた。

「わたしと一緒にいたいんですか？」

「ああ」

「やさしくしないでください」

「なんで？」

「好きになっちゃいますから」

恨めしげな上目遣いで見つめてくる。

「好きになっても……いい？」

「俺はもうなってる」

「こんな面倒くさい女なのに？」

「なんだ……」

自分でわかってたのか、と本郷は笑ってしまいそうになった。

「本当にわたしのこと好き？」

「ああ」

「おしっこの匂いのするところにまだ一緒にいさせるってことは、この先もずーっと一緒ってことになりますけど、それでも？」

「ああ」

うなずくと、麻帆は嬉しそうにしがみついてきた。

「ふふっ、本当はわたしも、本郷さんのこと好きになってました。でもその……後腐れのないエッチって約束したし……本郷さんって、エッチは好きでも恋愛は嫌いなんだろうなって思ったし……」

「そうだな……」

本郷は苦笑した。

「恋愛は嫌いだったし、いまでも嫌いだ。キミのことが好きなだけだよ」

抱き寄せて、キスをする。可愛い麻帆にうっとりした眼つきで見つめられると、本郷の下半身は疼きだした。あれだけ大量に精を吐きだしたばかりなのに、勃起はまだおさまっていなかった。

「もう一回、してもいいかい？」

麻帆はしばし眼を泳がせてから、コクンと小さくうなずいた。彼女の貪欲な体のほうこそ、おかわりを求めているようだった。

「あんっ……」

大きな乳房をやわやわと揉みしだくと、麻帆はせつなげな声をもらし、

「セックスってすごいんですね……」

まぶしげに眼を細めて本郷を見た。

「なんだか、いままでの自分が霧みたいにパーッと消えてなくなって、別の人間に生まれ変わったみたい」

「そうだな」

本郷はうなずき、本格的な愛撫を開始した。麻帆の上に馬乗りになって、豊満なふ

たつの胸のふくらみと戯れた。

溺れていく、と思った。

生まれ変わるということは、昨日までの自分を捨てるということだろう。だが、この体に溺れ、精根尽き果てるまで愛しあえるなら、そんなこと少しも怖くない。


列車に揺られながら、駅弁を食べた。

辞表を出した男と、家出してきた女――駆け落ちじみたシリアスな状況にいるはずなのに、本郷の食欲は旺盛で、駅弁をふたつも食べてしまった。地鶏弁当と鯛めしだ。カロリー摂取量を気にしなければならない年齢なのに、食べすぎである。

一方の麻帆も食欲では負けていなかった。こちらはすき焼き弁当と栗おこわをペロリと平らげ、

「鯛めしもおいしいんですよねー。でも、さすがにお弁当を三つも食べる女なんて、可愛くないと思ってやめました」

と笑っていた。

腹が満たされると眠くなった。ただでさえ列車の揺れと車窓に流れる景色は、眠気を誘うものだ。

うとうとしていると、

「そろそろ〈美熟女コンクール〉の結果が出る時間ですね」

麻帆が声をかけてきた。彼女も彼女で眠そうだった。

「誰が優勝したんでしょう？」

「さあな。興味ないよ」

麻帆はクスッと笑い、

「じゃあ、寝ますか」

「そうだな」

「あっ、最後にひとつだけいいですか」

握った手にぎゅっと力をこめた。

「わたし、本郷さんのこと好きだから、どこにでもついていきますけど……」

「心配しなくても、東京もいいところさ」

「そうじゃなくて、浮気したら絶対許しませんよ」

「……ああ」

「もしされたら、本郷さんのこと、殺しちゃうかも」

「……ああ」

本郷は眼をつぶって苦笑した。その場しのぎの口から出まかせではなかった。本気で女遊びとは縁を切るつもりだった。麻帆を悲しませたくないからではなく、そういう気持ちがすっかりなくなってしまった。

これも愛の力だろうか？

自分はなかなかのヤリチンだったはずなのに、いまは麻帆さえいてくれればそれでいい——心からそう思っている。

（了）

※本作品はフィクションです。
作品内の人名、地名、団体名等は
実在のものとは関係ありません。

長編小説

人妻《ひとづま》ふしだらコンクール

草凪《くさなぎ》 優《ゆう》

2022年12月7日　初版第一刷発行

ブックデザイン……………………… 橋元浩明(sowhat.Inc.)

発行人…………………………………………… 後藤明信
発行所……………………………………… 株式会社竹書房
〒102-0075　東京都千代田区三番町8－1
三番町東急ビル6F
email：info@takeshobo.co.jp
http://www.takeshobo.co.jp
印刷・製本……………………… 中央精版印刷株式会社